가프 현대 판타지 소설

MODERN FANTASTIC STORY

밥도둑 약선요리 王왕

밥도둑 약선요리王 1

가프 현대 판타지 소설

초판 1쇄 찍은 날 § 2019년 2월 21일
초판 1쇄 펴낸 날 § 2019년 2월 28일

지은이 § 가프
펴낸이 § 서경석

총괄팀장 § 최하나
편집책임 § 최광훈

펴낸곳 § 도서출판 청어람
등록번호 § 제387-1999-000006호
등록일자 § 1999. 5. 31
어람번호 § 제1-3003호

주소 § 경기도 부천시 부일로 483번길 40 서경B/D 3F (우) 14640
전화 § 032-656-4452 팩스 § 032-656-4453
http://www.chungeoram.com
E-mail § chungeorambook@daum.net

ISBN 979-11-04-91946-6 04810
ISBN 979-11-04-91945-9 (세트)

가프 현대 판타지 소설

MODERN FANTASTIC STORY

밥도둑 약선요리 王왕

1

도서출판 청어람

밥도둑 약선요리 王 왕

목차

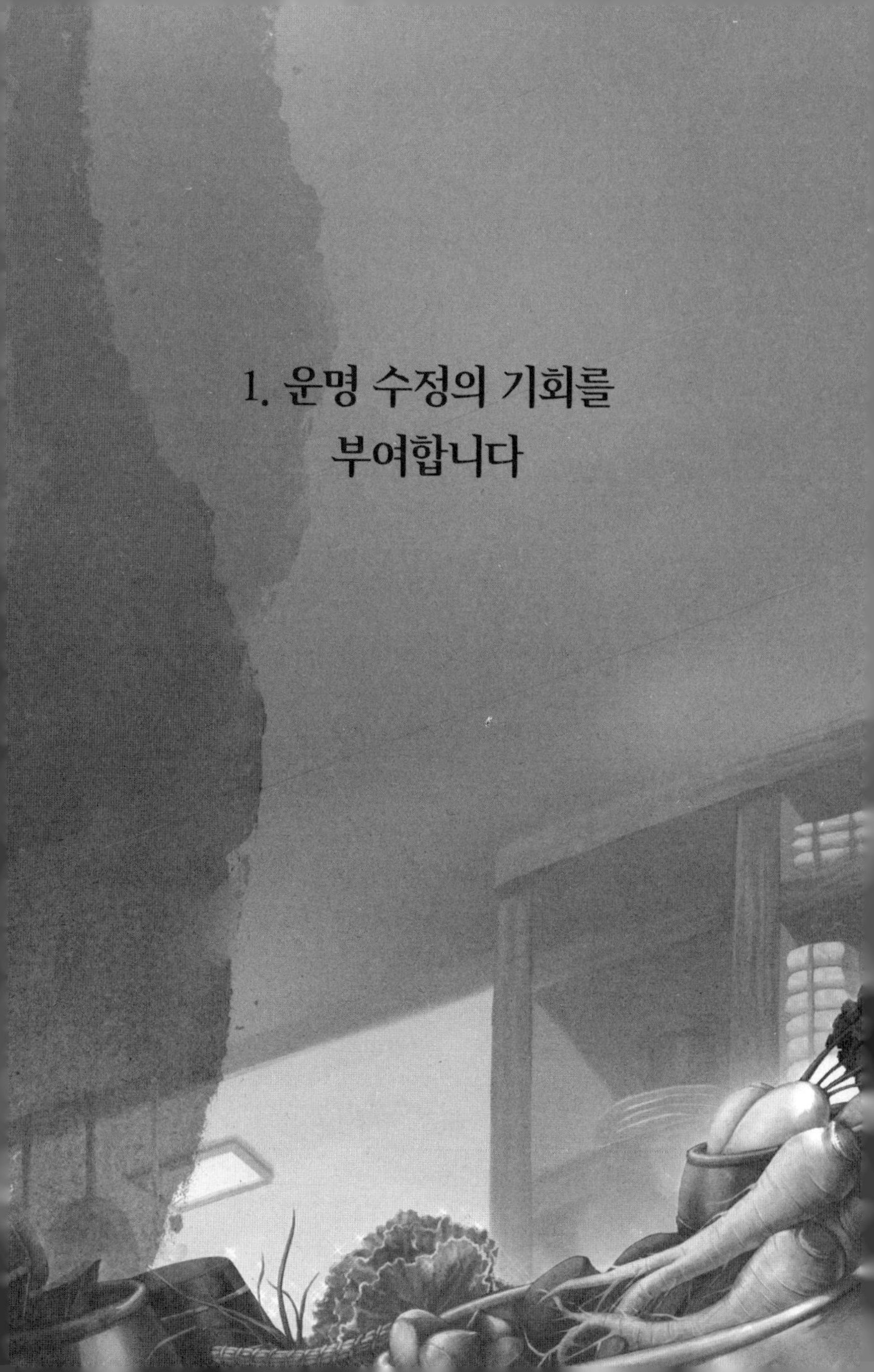

1. 운명 수정의 기회를 부여합니다

이 글은 장르 소설입니다. 한의학과 약선요리를 참고했지만 현실과 다를 수 있습니다. 오직 소설로만 읽어주세요.

[Notice!]

[=System stand by time 09:44 am.]

[=Subject: 인류 운명 시스템, 쪽박 운명 수정 기회 부여 추첨.]

[=Today Target 그룹: 생애 윤회 장바구니에 성인(聖人)급 또는 현자급 수정여의주 1개 이상 소유자.]

[=System start.]

[=운명의 괘 변경 특권 부여 서버 실행.]

비빗.

[10010100101100101011…10101001110010101010100010110011001……1000101010101101010101010101011001010100……

……0101……………010.]

비빗.

[=실행 완료.]

[=당첨 지역: Asia, Korea, 서울.]

[=당첨자 이민규, 윤회 넘버. 106,965,964,963, 다섯 번째 생애 윤회 중.]

[=현생 직업: 3류 출장 요리사.]

[=선택 완료.]

[=인생 역전을 위한 총 운명 괘 탐색 수행.]

[=Start.]

비빗.

守分在家 自然有福(수분재가 자연유복).

守分安居 一家泰平(수분안거 일가태평).

青山流水 不息歸海(청산류수 불식귀해).

堀井見水 勞後有得(굴정견수 노후유득).

吉星照門 晩得登科(길성조문 만득등과).

桃李逢春 花開成實(도이봉춘 화개성실).

비빗.

[=운명의 괘 탐색 완료.]

[=수정될 운명 운세.]

[(1) 吉星照門 貴人相對—길성이 문에 비치니 귀인과 대면하리. 고귀한 이들을 만나 큰 도움을 받게 되리라.]

[(2) 陰陽和合 萬物化生—음양이 화합하니 만물이 화생하누나. 안과 밖에서 화합하니 만사 대박 형통하리라.]

[=대상자에게 권능 부여 프로그램을 실행합니다.]

비빗.

[운명 수정 서버 실행 00:55분 전.]

[대한민국 서울 강북.]

다닥다다닥!

칼질 소리가 리드미컬하게 울렸다. 이민규의 4층 옥탑방. 칼 소리 리듬을 따라 이민규의 모습이 보였다.

[운명 수정 서버 실행 00:50분 전.]

머리 위에 뜬 운명의 타이머를 볼 수 있을 리 없는 민규, 남북 정상회담 만찬장의 수석 셰프라도 되는 양 궁중요리 레시피를 암송했다.

'소고기를 솔잎처럼 야들야들 가늘게 썰어 만든 육면을 메인으로 세팅하고, 닭살 만두소에 만두피 세 귀를 즈르잡아 맞물어 만든 변시만두를 서브 메인으로, 민어 부레를 원통으로 씻어 다진 버섯과 고기를 양념하여 부레에 넣고 부드럽게 쪄낸 부레찜을 제1찬. 야들야들한 오이로 만든 막강 식감 향과저로 제2찬, 채 익기 전의 푸른 산초 열매를 간장에 담가 만든 산초장아찌를 제3찬으로 삼아 상큼하게 미각을 띄우고……'

상상 속의 요리는 만한전석이라도 되는 듯 계속 폭주했다.

'우뭇가사리로 만든 우무정과에, 여물기 전의 들깨송이를 떼어 찹쌀 풀을 발라 말렸다가 튀겨낸 고소, 바삭한 들깨송이부각으로 청각, 후각, 미각을 트리플로 플러스시키고, 절구에 찧은 찹쌀떡을 정갈하게 썰어 꿀을 살짝 발라 청태 고물에 굴려 묻혀내고 계란 지단과 고추채 지단을 올린 화병으로 시선 강탈, 앵두 씨 빼고 꿀에 조려 녹말을 더해 만든 앵두편과 오미자로 만든 오미자편에 수정과 한 잔으로 피날레를 삼으면 북한 지도자뿐 아니라 그 어떤 세계 정상의 입맛이라도……'

녹아버리지.

보글보글!

물 끓는 소리가 정상들의 박수 소리처럼 들렸다.

쇳소리 텅!

이민규.

상상의 마무리와 함께 식재료 다듬던 칼을 도마 모서리에 찍었다. 폼 하나는 죽여줬다.

그사이에 약선 무도라지 요리가 완성 단계에 이르렀다. 의욕은 여전히 청와대 만찬 테이블 위에 가 있었다. 백악관 만찬에도 가고 중국의 댜오위타이로도 달렸다.

민규 뒤로 창백한 종규가 보였다.

"흐우, 흐우!"

21살 종규의 호흡에는 오늘도 쇳소리가 역력했다. 원래는 병원에 있어야 하는 중환자. 하지만 희망이 없다는 말과 함께 퇴원한 지 6개월 차였다. 강철도 씹어 먹을 21살. 군대에서 제대 날 꼽아가며 굴러야 할 나이지만 그 또한 열외였다. 두 번의 신검 끝에 나온 판정은 병역면제였다. 군대 가기 싫은 경우라면 동네방네 자축 나발을 불어야 할 면제. 그러나 종규는 좋아할 힘조차 없었다.

—폐동맥 고혈압.

종규의 병명이었다. 난치병의 일종으로 폐동맥에 두터운 때가 끼었다. 폐 이식이 필요하다. 하지만 폐 이식은 요원한 일이었다. 더 치명적인 건 이 병의 진단 후 평균 생존 기간이 몇 년에 불과하다는 것. 그러니까 종규의 목숨은 바람 앞의 등불과 마찬가지였다.

"자, 청와대 만찬장 수석 쉐프급의 특식, 무도라지 소를 담뿍 넣은 초특급 약선 만두가 나왔습니다."

민규가 뚝딱 테이블을 차려냈다.

"으악, 플레이팅 죽음이다."

느릿느릿 의자에 앉은 종규가 엄살을 떨었다. 초록 접시 위에 날짱 올라앉은 흰 만두. 간이 화단에서 잘라온 노란 꽃과 붉은 꽃 두 송이를 더해 색동의 품격을 더한 세팅이었다.

"짜식, 내가 플레이팅 미적감각 하나는 미슐랭 쓰리 스타급 아니냐?"

"에이, 그저 좀 띄워주면 바로 오버하는 저 저렴한 자만심. 형 거는?"

"출근할 시간이잖냐? 애들 요리하면서 남는 거 대충 집어 먹으면 되니까 남기지 말고 다 먹어라."

만두를 더 꺼내 앞 접시에 원형으로 돌려 놓아주었다. 종규는 만두 킬러다. 앉은자리에서 20개쯤은 일도 아니다. 하지만 몸이 아픈 후로는 별로 먹지 못한다.

그래도 이건 약이니까.

다 먹고 난치병이 낫는 기적이 일어나기를. 애잔한 소망을 만두보다 높이 쌓는 민규였다.

"오늘은 자신 있어?"

"어?"

종규의 말에 민규의 표정이 얼음처럼 굳었다. 엊그제 실패한 편식 치료 요리 때문이었다. 민규는 유치원 편식 치료 출장 요리사로 일한다. 주말에는 더러 지인이 경영하는 한정식이나 초밥집 등의 콜도 받는다. 얼핏 들으면 폼 나는 프리랜서지만 한 출장당 10만 원, 15만 원짜리 비정규직이었다. 주당 근무시간의 보호도 없고 4대 보험도 없었다.

유치원 요리는 음식을 가려 먹거나 밥을 안 먹는 아이들의 식습관을 교정하는 일이다. 하지만 50% 이상의 확률로 실패를 거듭하는 중이다. 특히 엊그제 만난 은지는 당돌함의 화신 강림인 듯 '레알' 넘사벽이었다.

"에퉤! 맛이 1도 없어."

"아저씨, 요리사 맞아요?"

"자격증은 있어요?"

요리가 나올 때마다 야무지게 뱉어낸 말이었다. 그때마다 민규는 가슴을 베였다.

숭덩숭덩.

피눈물이 났다.

—실패.

원장은 평가표에 'X'를 그려 넣었다. 이럴 경우 한 번의 만회 기회가 더 주어진다. 여기서 또 실패하면 출장비는 반띵이 된다. 업체의 방침이 그랬다. 사장 꼴리는 대로였다.

"요리 플레이팅 때 캐릭터 모양으로 세팅을 하면 어떨까? 형은 플레이팅 귀재니까 애들 취향에 맞춰서 앙증맞고 귀여움 팡팡 돋게……."

종규가 핸드폰 화면을 내밀었다. 캐릭터 마카롱이 보였다. 컬러풀한 소스 플레이팅도 보였다.

눈알이 빡 돌도록 매력적이었다.

"오, 굿 아이디어. 오늘 한번 써먹어볼게."

종규의 기분을 좀 띄워주었다.

"형은 잘할 거야. 한국 최고의 약선요리사가 될 거라며? 편식도 일종의 병이니까."

최고의 약선요리사.

민규의 꿈이긴 했다.

미각을 춤추게 하는 화려한 요리? 군침을 부르는 폭풍 열량

요리? 다 좋다. 하지만 그건 순간의 행복에 불과하다. 먹고 나면 성인병이 되거나 혈관 콜레스테롤 내지 뱃살로 차곡차곡 쌓일 뿐이다.

별 세 개짜리 미슐랭 셰프라고 해도 온종일 똑같은 걸 찍어내는 천편일률의 요리들. 사람 다리를 잘라 침대 길이에 맞추는 로마신화의 프로크루스테스와 뭐가 다를까.

—무식한 티 내지 말고 드셔. 여기 졸 유명한 맛집이거든.

—남들 다 맛있다는데 너님만 왜 조낸 까다로우세요?

—그냥 흡입해라. 따지면서 처먹는 놈들이 더 일찍 뒈지더라.

흔히 듣는 얘기다. 사람 식성에 따라 요리를 맞추는 게 아니라 요리에 사람 식성을 맞추는 것. 알고 보면 강요다. 사람의 미식도 지문처럼 개성이 있다. 그걸 실천한 요리도 존재한다.

과거 식의들의 요리가 그랬고 왕의 약선요리가 그랬다. 매 접시마다 오직 한 사람만을 위한, 한 끼만을 위한 요리. 먹어서 즐겁고 정기와 기혈을 채워 일상에 활력과 생동감을 주는 요리.

'그게 레알 요리지.'

민규는 그런 요리를 꿈꾸고 있었다. 불행한 건 오직 '꿈만' 꾼다는 사실이었다.

"역시 나 알아주는 건 너밖에 없다."

폭풍 애정을 표하며 동생을 치하했다.

플레이팅.

민규의 주특기였다. 놀 때 놀고, 막상 닥쳐야 일하는 '소시민

표' 시민이지만 미적감각 하나는 정상급 셰프에 속했다. 하지만 유치원 출장 요리에는 그걸 가로막는 대원칙이 있었다.

—유치원 식재료만 쓸 것.

—아이가 싫어하는 재료 세 가지 이상을 쓸 것.

—지나치게 화려한 플레이팅은 금지.

공문에 버젓이 새겨졌다. 한마디로 멋 부리지 말고 자연스러운 분위기로 편식 교정을 유도하라는 취지였다. 그러나 동생의 기를 살려주기 위해 진실을 묻어버렸다.

"간다. 만두 남기지 말고, 물 자주 마시고, 그릇은 개수대에 그냥 올려놓고. 괜히 새나 나비 부른다고 휘파람 불지 말고!"

폭풍 잔소리에 주방도 세트를 챙긴 종규가 문턱을 넘었다.

"파이팅."

종규가 주먹을 쥐어 보였다. 21살, 어쩌면 지상 최강의 수컷 본능을 뿜을 나이. 하지만 종규의 주먹은 아래층 상아처럼 매가리가 없었다.

파이팅.

그래, 파이팅…….

지상의 모든 파이팅이 네 폐동맥으로 들어갔으면.

그래서 다시 전처럼 건강해져서 나한테 덤비기도 하고 그랬으면.

이제는 너한테 맞아줄 수도 있는데…….

문을 여니 옥상의 하늘이 시선에 가득 들어왔다. 삶이 버거운 민규가 누릴 수 있는 유일한 호사였다.

새.

오늘도 한두 마리가 종규의 창가에 기웃거린다. 종규는 새와 나비 친화성을 가지고 있다. 중학교 때는 그 재주로 '세상의 기인들' 프로그램에 출연한 적도 있었다. 어떤 날은 수십 마리의 새가 창가에 내려앉곤 했다. 그러나 의사의 휘파람 금지 후로는 한두 마리가 찾아들 뿐이다. 종규의 폐는 휘파람조차도 감당하기 어려웠다.

"총각!"

옥탑 계단을 까치발로 내려올 때였다. 3층 주인아줌마 목소리가 기습을 해왔다. 시작부터 1패를 당하는 민규. 다섯 살 상아는 아줌마 뒤에서 파란 입술의 고개를 빼꼼 내밀었다.

"상아, 안녕?"

친한 척 딴전을 부렸다. 상아는 엄마의 푸짐한 엉덩이 뒤로 숨었다. 상아는 심장이 좋지 않다. 낮에는 괜찮아 보이지만 밤이면 자주 운다. 수술은 안 해도 된다는 비청색증형이지만 심부전 기미가 있어 요관찰 대상이었다.

동생의 약선요리를 만들면서 두어 번 심장에 좋다는 요리를 해줬지만 모두 뱉어버렸다. 인심 쓰고 개쪽당한 꼴이었다. 그 후로 민규만 보면 슬금슬금 피한다. 나쁜 맛의 기억은 오래간다. 나쁜 요리를 준 요리사는 폭행과 다르지 않다. 그 말에 밑줄 쫙 그어둔 민규였다.

"월세."

아줌마 발음이 단호하게 나왔다.

"죄송해요. 다음 주에 드릴게요."

핑계를 던져놓고 계단을 뛰었다.

"이번 주 안에 꼭 줘야 해. 전기세 결제하고 상아 병원도 가야 한다고."

아줌마의 샤우팅을 뒤로하고 시동을 걸었다.

부릉!

개고물 오토바이가 말을 듣지 않았다. 내구연한을 말아먹은 제품이다. 종규의 친구 상택이가 새 오토바이를 뽑으면서 기증한 폐차 임박 똥토바이였다.

"총각, 대답해!"

3층에서 아줌마의 추궁이 강스파이크로 내리꽂혔다.

'걸려라, 쫌.'

"자꾸 그러면 방 내놓을 거야."

'쫌.'

바릉.

오, 예.

기도가 통했다. 똥토바이는 하얀 매연을 뿜으며 골목을 빠져나왔다.

"오토바이 좀 고쳐. 동생 폐도 안 좋은 판에."

흰 매연과 함께 아줌마의 잔소리가 멀어졌다.

주인아줌마.

좋은 사람이다. 방세 두 달씩 세 달씩 밀린 적이 한두 번이 아니었다. 가끔 폭풍 잔소리를 작렬하지만 아줌마 사정도 알고 보면 딱하다. 상아를 위해 민간요법까지 기웃거리다 보니 대출금이 많았고 남편의 수입도 변변치 않았다. 그래도 민규의 사정 딱한 걸 알아 3년 넘게 방세도 올리지 않는 사람이었다.

돈.

그게 머니(Money)?

그것만 생각하면 머리가 사과 쪼개듯 갈라졌다. 평범하던 집안은 종규의 병으로 쑥대밭이 되었다. 부모님이 죽으면서 삶의 무게 추는 민규의 어깨로 옮겨왔다. 헬조선 온몸 체험 6년 차 경력자였다.

[운명 수정 서버 실행 00:35분 전.]

민규 머리 위에 뜬 후광 타이머는 소리도 없이 돌아갔다.

민규의 현직은 출장 요리사. 자격증이 무려 다섯 개나 되는 스펙이다. 한식, 일식, 양식, 중식조리사, 복어조리기능사를 풀세트로 갖췄다. 접수부터 생지옥이라는 '큐넷'을 넘어 딴 자격증이었다.

군대 취사병 2년여를 포함해 6년 차 경험이지만 요리 솜씨는 그닥 늘지 않았다. 눈썰미 좋고, 플레이팅은 곧잘 하지만 손맛이 따로 노는 것이다. 함께 요리를 배웠던 정승대와 기도윤은 일본과 프랑스로 진출해 잘나가고 있건만 민규는 바닥 아래 지하실에 처박힌 꼴이었다.

불길한 조짐은 군대에서 싹이 텄다. 입대 짬밥 덕분에 취사반장이 되었지만 새파란 일병들에게도 만만하게 털렸다.

생각 때문이었다.

칼을 잡으면 때로, 아련한 영감이 찾아왔다. 재료를 보면 요리법이 가물거렸다. 문제는 그 영감이 완성형이 아니라는 것. 그 불일치로 완성된 요리는 세팅만 그럴싸, 맛도 족보도 없는 섞어 잡탕이 연출되기 일쑤였다.

제대 후에 구한 여객선의 요리사는 한 달 만에 아웃이었다. 초밥 전문점에서는 입으로 밥을 하다 망쳐 40명 예약 손님들의 원성을 사는 덕분에 사표가 출동되었다. 정신을 다잡기도 전, 약선 전문 음식점에서 인격 말살까지 체험했다.

조선시대 약선요리사 '차순'의 직계 후손이라는 '차 약선방' 사장 겸 대표 주방장 차만술. 어렵게 구한 식재료를 망치자 민규의 조리복을 벗겨 쓰레기통에 처박아 버렸다. 실수에 비해 지나친 갑질이지만 항변은 씨도 먹히지 않았다.

"너 파이야!"

Fire의 차만술 버전 발음.

자존심은 잔반통에 던져지고 1주일 급료조차도 챙기지 못했다.

큰마음 먹고 나간 요리 대회도 참가 인원 머릿수를 늘려줄 뿐이었다. 머리에는 요리가 그려지는데 만들어진 요리는 사무치게 딴판이었다.

주눅이 들자 멘토로 삼던 요리사 이름은 입 밖에 꺼내지 않았다.

전순의, 앙투안 카렘, 앙드레 픽.

민규가 닮고 싶은 멘토들이었다. 전순의는 세조 때 식치법을 집대성한 '식료찬요'를 편찬한 사람이다. 서문에 '세상을 살아가는 데 음식이 으뜸이고 약은 그다음이다'라는 명언을 남겼다.

카렘은 최악의 어린 시절을 보낸 요리 명장. 빡센 시련을 딛고 요리 역사의 최고봉이 되었다. 가히 레전드 중의 레전드였다.

앙드레 픽은 미슐랭 최초로 별 3개를 받은 셰프. 특히 신념을 닮고 싶은 사람이었다.

1) 최상의 품질을 갖춘 재료만 쓴다.

2) 소스는 마지막 순간에 준비한다.

3) 요리는 고객이 주문한 그때부터 시작한다.

그가 남달리 지킨 신념이었다. 그래도 양심에 난 털은 뽀송한 민규, 그들의 이름을 되뇌는 것조차 부끄럽기만 했다.

그사이에 종규의 병은 더 악화되었다. 부모님이 남겨준 약간의 유산은 야금야금 사라졌다. 돈이 급해지니 비전 생각하며 일 배우는 인턴 요리사 자리는 들어갈 수 없었다. 잘난 자격증 앞세워 출장 요리 전문 회사에 한자리를 얻었다.

—식의감.

회사 이름은 뽀대난다. 무려 당나라 요리서적인 식의심감에서 따왔단다. 실체는 요리사 후려먹는 등골 브레이커 파견 업체였다. 사업은 유치원 편식 치료와 요양원 특별식의 두 가지 파트였다. 셰프 출신 사장은 수완이 좋았다. 몇 다리 건넌 인맥을 말빨로 구워삶아 사업을 개척했으니, 바로 서울시 교육청 유치원 편식 치료 사업이었다.

—골고루 먹는 것도 국력.

—편식은 어릴 때 바로잡아야 질병이 줄어들고 국가 부담이 경감된다.

두 가지 주창으로 교육청의 예산을 따냈다. 올해는 임시 사업이지만, 내년부터 정기 사업, 나아가 국가사업으로 확대시킬 잔머리를 키우고 계셨다.

그러나 그의 머리에 든 건 어린이 편식 치료나 어르신들에게 제공하는 한 끼의 감동이 아니라 쩐이었다. 그 쩐을 위해 주특기를 십분 발휘했다. 요리사로서의 경험이 있으니 셰프들 착취에는 달인이었다. 온갖 옵션으로 실패에 대한 부담을 출장 셰프들에게 떠넘겼다. 아는 놈이 무섭다고 인정사정도 없었다.

탈탈탈!

돈 되는 건이라면 미세먼지조차 터는 것이다.

"안녕하세요?"

식의감 사무실 문을 열며 인사를 했다.

[운명 수정 서버 실행 00:15분 전.]

운명 수정 실행 시각은 점점 가까워졌다.

"왔어?"

최고참 조병서 셰프가 인사를 받았다. 여기 요리사들은 대개 뜨내기들이었다. 가게가 망하거나, 혹은 해직당하거나 하는 이유로 스쳐 가는 경우가 많았다. 그러다 보니 팀워크 같은 건 애당초 쌈 싸 먹어버린 지 오래였다.

벽에 걸린 스케줄 표를 보았다.

이민규 셰프—송파구 박하유치원★

오늘 배당된 유치원이 떴다. 끝에 찍인 별표는 박하유치원 재출장 건이었다. 막강 말빨 소녀 은지네 유치원이다. 가슴팍에 뼈가 걸린 듯 답답해지기 시작했다.

"이 셰프. 나 잠깐 보자고."

사장이 민규를 불렀다.

"사장님이 왜……."

민규의 안면이 구겨졌다. 사장이 불러서 유쾌한 경우는 거의 없었다.

"엊그제 출장 요리 엑스 표 먹었다며? 그 건인 거 같아."

조 셰프가 말했다. 그는 팔뚝을 주무르고 있었다. 치명적인 손 근육병 때문이다. 원래는 프랜차이즈 본사에서 신메뉴를 개발하던 사람인데 다리와 팔의 근육병 때문에 밀려났다.

"아침에 나하고 마 셰프, 정 셰프에게 떠보더라고. 이 셰프가 못 미더우니 대신 보내고 싶은 모양인데 마 셰프와 정 셰프는 칼같이 거절했고 나도 손가락이 심하게 아파서 말이야."

"예……."

"그 애 부모가 뭐 하는 사람이야? 사장이 보너스까지 주겠다고 하던데?"

"저도 잘 모릅니다."

"들어가 봐. 저 뺀질이가 보너스 말 꺼내는 거보니 사업에 중요한 건인 모양이야."

조 셰프가 민규 등을 밀었다.

"부르셨습니까?"

사장실 문을 열고 들어섰다.

"오늘 송파 박하유치원 재출장이지?"

사장이 다리를 꼰 채 물었다. 불 쏘인 오징어 다리처럼 시선도 꼬여 보였다. 배는 개복치처럼 볼록, 콧등에는 쩐 기름이 번들. 그 개기름을 보자니 군대 가기 직전에 친구 놈들과 놀러간 서해의 승봉도가 떠올랐다. 태양이 분노처럼 작렬하는 여름 바다였다. 거기 해변 가까운 텐트 앞에서 구워 먹은 삼겹살은 인생 삼겹이었다. 숙성도 아니고 요즘 뜨는 핑크 소금도 없었다. 냉동 삼겹은 녹아서 물이 줄줄 흘러내렸고 싸구려 막장과 시든 상추뿐이었지만 미슐랭의 별 요리 부럽지 않았다. 탄 고기가 암에 걸린다는 말은 안중에도 없었다.

아!

그 바닷가.

어디 미녀들 없나 두리번거리던 발칙한 시선들.

끈끈한 해풍을 맞으며 꼴리는 대로 익어가던 삼겹살…….

그걸 상추에 올려 누렇게 뜬 마늘 한 쪽과 막장을 더해 푸짐하게 물면…….

으음…….

먹고 싶다.

그 상상으로 사장의 압박을 지우는 민규였다.

"자신 있어?"

하지만 현실은 현실. 사장의 목소리가 상상을 밀어내 버렸다.

"최선을 다해보겠습니다."

"최선만 가지고 안 돼!"

사장이 목소리를 높였다.

“하지만 애가 워낙 까탈스러워서…….”

“그거 고치자고 비싼 출장비 주는 거잖아? 그것도 국가 예산으로.”

“서울시 교육청 예산 아닙니까?”

“됐고, 그 아이 부모가 누군 줄 알아?”

“모릅니다만.”

“어허, 이래 가지고 무슨 일을 한다고. 그런 정보도 모르고 들이대면 애들이 요리를 먹겠어?”

“부모하고 요리가 무슨 상관입니까?”

“왜 상관이 없어? 진정한 요리사라면 내 요리를 먹을 사람의 모든 것을 알아야지. 사람의 지위나 신분, 분위기까지 맞춰야 진정한 요리사야. 안 그래?”

“…….”

“걔 아빠가 교육부 교육복지정책국장이야, 정책국장!”

“…….”

“아, 감 못 잡네. 지금 그 양반이 서울시 교육청에서 시범 사업으로 하는 우리 프로그램에 관심을 가지고 있는데 이 셰프가 그 양반 딸의 편식 치료에 실패해 봐. 견적 나와, 안 나와?”

“…….”

“에이, 다들 면접 볼 때는 한가락씩 한다고 입에 침이 튀더니 막상 이런 일 생기면 꼬리 빼고 말이야.”

“…….”

“보너스 100만 원.”

“예?”

"요리에 설탕을 넣든 초콜릿을 넣든 수단과 방법을 가리지 말고 잘 먹게 하라고. 그럼 오늘 출장비에다 100만 원 얹어줄 테니까."

'100만 원?'

몸 달았군.

액수에서 감이 왔다. 출장비 잘라먹기로 유명한 인간이 무려 100만 원 딜이라니.

"대신 실패하면 다신 나 볼 생각 말라고. 알았어?"

"……."

"가봐. 결과 나오면 바로 연락하고."

"알겠습니다."

대충 인사를 하고 나왔다. 사장실 문을 닫자 현기증이라는 놈이 사방에서 달려들었다.

(O)(X)

동그라미와 가위표. 출장 나간 유치원 원장들이 채점하는 결과표였다. 그것들은 서울시 교육청 유아교육과로 수집된다. 결과가 좋으면 내년부터 정식 사업으로 채택될 예정이고, 나쁘면 올해로 접을 사업이었다.

유아들을 위한 요리는 생각보다 어려웠다. 미뢰 때문이다. 아이들의 미뢰 레이더는 성인보다 촘촘해 자잘한 맛도 감지하는 초능력자 모드였고, 한번 염장이 뒤틀리면 하느님이 와도 입에 대지 않았다.

게다가 그들은 또 하나의 하이 퀄리티 전술 무기를 가지고 있었으니 눈물 폭발이었다. 빼액 하고 울어버리면 만사 게임 오버였다. 같이 요리를 하고 재료를 다듬게 하는 등, 호기심신공을 발휘해도 용빼는 재주 없었다.

현장의 애로는.

책상머리 이론가들의 이론 따위로 해결될 일이 아니었다.

그렇기에 요리사들 이직이 굉장히 높았다. 일은 어렵고 출장비는 적었다. 그렇기에 남들이 실패한 재출장은 누구도 환영하지 않았다. 마 셰프와 정 셰프도 그런 맥락이었다. 더구나 마 셰프는 콧대가 높다. 특급 호텔 선식 주방장으로 있다가 간이 나빠 퇴사를 했다. 지금은 약선요리로 유턴하기 위해 메이저 약선요리 대회 출전을 준비 중이다. 그러니 민규 같은 3류의 뒤처리를 해줄 사람이 아니었다.

"내 말 맞지?"

자리로 돌아오자 조 셰프가 물었다.

"예."

"이거 한번 볼래? 내가 찾은 어린이 요리 일본 자료들인데?"

조 셰프가 자료를 내밀었다.

"고맙습니다."

"이것도 가져가 봐. 내가 가끔 써먹는 건데 통할지도 몰라."

다음으로 내민 건 어린이 요리복. 조 셰프 주 무기의 하나였다. 요리복을 입혀 요리 놀이처럼 진행하라는 것이다.

"저한테 이거 빌려주면 아저씨는요?"

"오늘은 손목하고 종아리 근육이 굉장히 아파. 아무래도 요리

공부 좀 하면서 쉬어야 할 것 같아."

"고맙습니다."

시궁창에도 연꽃이 핀다더니 삭막한 이 사무실에서 조 셰프가 그런 역할이었다. 날카로운 미식을 겸해 큰 요리 대회 심사도 했던 사람. 그러면서도 잘난 척하지 않고 푸근한 5첩 밥상 같은 사람…….

"동생은?"

"고만고만합니다."

"이 셰프도 대단해. 언젠가 좋은 일 생길 거야."

민규 사정을 아는 조 셰프가 어깨를 쳐주었다. 아픈 몸이지만 아내 없이 세 남매를 키우는 상황. 힘이 들어도 마음대로 쉬지도 못한다. 그럼에도 아버지처럼 푸근한 그의 미소. 따뜻한 위로가 되었다.

바다당!

똥토바이 속도를 높였다. 바람이 짜릿하게 얼굴을 핥고 갔다. 잘 단장된 아파트 연못 옆 네거리에서 멈췄다. 육중한 트럭이 빨간불에 걸려 진로를 틀어막은 것이다.

빵빵!

경적을 울려 보지만 트럭은 미동도 하지 않았다.

파이버를 고쳐 쓸 때 인도 옆의 로또복권점이 눈을 차고 들어왔다. 한 달 전에 1등이 나오면서 사람들이 몰리는 곳이었다.

'가만…….'

문득 새벽의 꿈이 떠올랐다. 아동심리부터 약선요리까지 뒤적

거리다 잠든 밤이었다. 민규의 삶은 고단했다. 먹고살기 위해 아동심리와 특성을 배워야 했고, 동생을 위해 약선요리를 공부해야 했다. 어쩌면 장기기증자가 나오기 전에 세상을 떠날 수도 있는 동생.

신선의 비방약선이라도 찾아내면 살릴 수도 있지 않을까 싶었다. 하지만 마음뿐이다. 요리 맛은 매번 아니올시다였다. 그나마 싫은 소리 안 하고 먹어주는 종규가 고마울 뿐이었다.

꿈속에서 아버지가 보였다.

"우리 아들, 나 대신 고생이 많구나."

한마디에 민규의 눈물샘에 홍수가 났다. 현실에서는 아무리 힘들어도 울지 않던 민규였다. 동생 때문이었다. 난치병으로 시들어가는 동생을 두고는 울 수도 없었다.

"힘내거라. 고진감래라고 좋은 날이 올 거야."

아버지가 다가와 손을 잡아주었다. 다섯 손가락의 피로가 풀렸다. 홍건한 눈물도 닦아주었다. 눈이 백옥처럼 청명해졌다.

잠에서 깨니 눈물이 촉촉했다. 꿈에 운 모양이었다. 동생 몰래 눈물을 닦았다. 눈물에 씻겨갔는지 피로가 느껴지지 않았다.

좋은 날.

그건 뭘까?

그런 날이 오기나 할까?

동생의 약선으로 쓸 도라지 껍질을 벗기며 생각했다. 어릴 때는 도X에몽의 만능 주머니를 갖고 싶었다. '어디로든 가는 문'과 '만약의 박스'가 있다면 좋겠지.

—신선의 비방약선이 있는 곳으로 가는 문이 열린다면.

—동생 치료 성공.

—만약 그 은지의 편식을 치료할 수 있다면.

—100만 원 득템.

100만 원이면 당장 밀린 방세 지르고 동생 식재료도 최상급 자연산으로 구매.

하지만 그건 만화 아니면 영화, 여기는 냉엄한 현실.

로또.

그것밖에 떠오르지 않았다. 로또에 당첨되면, 더도 말고 딱 3억만 생기면, 종규를 위해 깨끗한 방으로 이사 가고 싶었다. 요리를 제대로 배우고, 일할 수 있는 직장으로 옮기고 싶었다.

하지만 현실은…….

"……."

주머니 안에 든 돈은 2만 4천 원이었다. 카드는 연체로 신용불량이 된 지 오래. 그나마 사장이 4대 보험 처리 없이 현찰로 계산해 주는 바람에 버티는 주제. 그러나 아버지의 계시가 생생했기에 두 게임만 질러보기로 했다.

거금 2,000원.

종규 운으로 한 게임, 민규 운으로 한 게임. 형제의 운을 건 거사(?)였다.

푸른 신호와 함께 브레이크를 놓았다.

바룽!

똥토바이 계기판들이 씩씩거릴 때 머리 위의 시간도 함께 움직였다.

[운명 수정 서버 실행 00:00분 전.]

[실행 중…….]

운명의 굴레 시스템 시각이 정각에 도달했다.

순간.

콰아아!

부드럽던 똥토바이에서 돌연 급발진이 일어났다.

'이, 이거 왜 이래?'

손쓸 사이도 없이 민규는 앞에 있던 화물트럭 뒤통수를 직격하고 말았다.

콰앙!

굉음과 함께 민규가 튕겨 올랐다. 당첨이었다. 로또 당첨이 아니라 날벼락 황천길 당첨.

'안 돼.'

간절한 목소리는 목을 넘지 못했다. 피똥 싸게 열심히 살지는 않았다. 그러나 평균은 된다고 생각했다. 그렇기에 이렇게 죽으면 안 될 일이었다. 돌봐줘야 할 종규가 있었다.

기왕 죽을 거라면 보상금이라도 많이 남겨야 했다. 똥토바이는 무보험이고, 급발진이니 민규의 과실 100%. 싼 생명보험 하나 들지 못한 주제에 로또 따위나 넘보다 마치는 생이 미치도록 원망스러웠다.

제대 후 요리에 바친 6년…….

젊은 청춘에게 6년은 지긋지긋한 고난이었다. 오죽하면 군대의 2년이 가장 행복했을까? 요리로 헤매고 동생을 돌보며 힘들어도 입 밖에조차 내지 못하던 시간. 어느 것 하나 행복하지 못했던 순간들이 회한으로 다가왔다.

'C8.'

빌어먹을 신이다. 해외 로또 보면 파워 볼이나 메가 밀리언에서 수천억짜리도 당첨시켜 인생 역전하게 만드는 경우도 있던데 나는 뒤통수에 날벼락이나 후려치다니.

빌어먹을 팔자야.

이게 최선이냐?

한 번쯤.

한 번쯤은 횡재를 바랄 수도 있지.

로또 한번 사려 했다고 바로 응징이냐?

돈 없는 주제에 2천 원 쓰는 게 그렇게도 죽을죄냐?

폭주하는 분노 사이로 생소한 음역의 멘트가 스쳐 갔다.

[인류 운명 수정 시스템입니다.]

[7,595,889,206명의 현생 중에서 수련현자의 장바구니 수정여의주 간직 대상자 759,588분의 1 확률을 뚫고 인생 수정 특권 수혜자로 선택되었습니다.]

[운명 수정 특권을 부여받을 수 있습니다.]

[당신에게 부여될 행운 괘는 다음과 같습니다.]

吉星照門 貴人相對(길성조문 귀인상대).

陰陽和合 萬物化生(음양화합 만물화생).

길성이 문에 비치니 귀인과 대면한다. 고귀한 이들을 만나 큰 도움을 받게 되리라.

음양이 화합하니 만물이 화생한다. 안과 밖에서 화합하니 매사 형통하리라.

[=해당 메신저가 행운의 괘 특권 부여를 위해 당신과 접속합니다.]

[=운명 수정 통보를 종료합니다.]

응?

행운의 괘?

운명 수정?

특권 부여?

이건 또 무슨 왈왈 애견 소리?

후웅!

두 개의 섬광이 시야를 뚫고 들어왔다. 너무 밝아 아무것도 보이지 않았다.

[이민규?]

섬광 속에서 음성이 나왔다. 이질적이지만 거역할 수 없는 존엄이 느껴졌다.

"누구시죠?"

민규가 물었다. 입으로 나온 게 아니라 공명의 언어였다. 나 왜 이러지? 그런 생각이 들었지만 그 또한 목을 넘어오지 않았다.

[너는 대답만 하면 된다. 이름, 이민규?]

"예……."

[우리는 인류 운명 총괄 메신저들이다.]

설명과 함께 두 개의 형상이 밝아졌다. 하나는 환생 메신저였고 또 하나는 전생 메신저. 그러나 둘은 완전한 섬광덩어리였다. 생물인지 무생물인지, 신성인지 환상인지 알 수도 없었다.

[운명 시스템에서 전하는 메시지는 받았겠지?]

"시스템 메시지?"

[팔자가 바뀌길 원하지 않았나?]

"로또 말입니까?"

[길게 설명할 시간 없으니 요점만 말해주마. 다시 깨어나는 순간, 너는 다른 사람이 되어 있을 거다. 네가 원하던 것을 가진…….]

"……."

[그대로 수를 세거라. 66에서 1까지 역으로. 6은 완전수이니 너의 바람은 거듭 완전해질 것이다.]

'66에서 1까지?'

[대상자 분석 코드 전송 요망.]

두 개의 신성 중 하나가 웅얼거렸다. 그러자 민규의 가슴팍에 윤회의 이력이 초록 문자의 섬광으로 떠올랐다.

Life No.106,965,964,963.

현생 코스: 수련자의 삶 5회 차 폭망 수행(修行)의 업보 상쇄로 쪽박의 길 여정.

제1생: 중국 은나라의 명재상 이윤의 생—은왕조 3대에 걸친 명재상이자 최고의 요리사—중국 최고(最古)의 요리서 본미론 저서—주특기 거위구이—지상의 약수에 통달하며 상급 자아 완성을 이뤄 SS급 수정여의주 1개 획득.

제2생: 조선 초기 태조 이성계의 전속 숙수였던 이인수의 스승 권필의 생—고려말 궁중요리의 대가로 대령숙수의 원조이자 당대 최고의 요리사이며 8가지 관점의 재료 판별법을 고안한 식의(食醫)—중급 자아 완성을 이루며 S급 수정여의주 1개 획득.

제3생: 조선 후기 향촌 명의 한의사 정진도의 생—소아마비로 자랐으나 편작을 명의로 만든 장상군의 4번째 환생을 스승으로 만나 약재 투시 능력을 얻어 남도 최고의 식치이자 탕약의로 천민들에게 신의급 인술을 구현, 그가 즐겨 쓰는 죽이 궁궐에 알려져 영조의 대령숙수가 그 요리법을 전수해 갈 지경이었으나 초기 한약 처방 잘못으로 두 일가를 죽게 하여 내생의 업보 생성—A급 자아 완성을 이루며 수정여의주 1개 획득.

제4생: 조선 후기 평생 이용만 당하는 질그릇 도예공 김순재의 생—전쟁과 수해, 화마를 겪으며 좌절과 시련으로 제1업보의 삶 마감.

제5생(현생): 21세기 대한민국 3류 요리사 이민규의 삶—무한 희생을 감내하는 제2찌질 업보의 삶 예정.

주특기: 요리 세팅.

인성: S급.

언어: 한국어, 기타 영어, 불어, 일어, 중국어 약간.

성격: 놀 때 놀고, 닥쳐야 일하는 대한민국 평균.

생의 목표 가치 10선: [만인을 사로잡는 약선요리의 왕], [동생의 완치], [내 가게], [미슐랭 별 세 개], [좋은 식재료가 펑펑 나오는 화수분], [요리올림픽 금메달], [나도 한번 사이다 맛 인생], [돈다발에 묻혀보는 것], [라인이 예쁜 여자], [좋은 요리칼], [……]

[지난번보다는 낫군. 저번에는 생애 여자 100명과의 관계를 목표로 하는 욕정과 탐욕, 발정 난 개차반을 당첨시키더니.]

[고퀄이야?]

환생 메신저에 이어 전생 메신저의 목소리가 울려 나왔다.

[현자 코스 제대로 밟는 S급 생이야. 이 생에서는 소위 개고생 각성 코스지만.]

[그렇군. 그런데 이 생에서 운명 수정 당첨이라면 제4생의 업보로 업보 상쇄가 된다는 건가?]

[숭고한 자아를 실현하는 삶이니 그만한 혜택은 줘야지. 수정여의주를 획득한 수가 무려 3개야. 그중 하나는 SS급이고.]

[특전 갈래는 무엇으로 주려고? 스킬로 님도 보고 뽕도 따는 꿀빠는 길?]

吉星照門 貴人相對.

陰陽和合 萬物化生.

[시스템이 선택한 행운의 괘야. 조건부 행운의 괘, 분수 제한 행운의 괘를 모두 지나 대박 괘 두 개가 겹쳤어. 로또가 행운의 상징이라지만 한국 로또는 당첨금도 얼마 되지 않고, 이쪽 행운 메신저

들이 행운을 남발하는 통에 고액 당첨이 힘들어. 수련현자의 길을 가는 상급 Life니까 전생에 이룬 수련 효과를 모듬으로 누려보는 것도 나쁘지 않겠지. 마침 괘에도 음양화합이 나왔으니 전생과 현생의 음양 콜라보 한번 펼쳐보는 것도 좋지 않겠어?]

[특권 허용 숫자는?]

[장바구니 여의주가 무려 셋. 그러니까 셋까지도 가능해. 참고하게 전생 봉인 좀 해제해 줘.]

[어느 전생?]

[고퀄 세 전생 모두.]

[알았어.]

대답과 함께 전생 메신저가 허공을 어루만졌다. 그러자 울컥 공간의 균열과 함께 세 홀이 열리며 전생 단자들이 내려왔다. 단자의 봉인이 하나씩 산화되자 세 전생혼이 차례로 모습을 드러냈다.

제1생. 은나라의 재상이자 물의 도를 이룬 최고 요리사 이윤.

제2생. 고려 말 대령숙수의 원조, 고려 최고 요리사이자 식의(食醫) 권필.

제3생. 조선 후기 향촌의 절정 명의이자 식치의 대가 정진도.

세 전생혼은 그들이 절정에 이른 시절의 형상이었다.

[나는 윤회 총괄 시스템에서 환생 파트를 담당하는 메신저다. 그대들 차생 운명 수정을 위해 호출했으니 의견을 개진하기 바란다.]

환생 메신저가 뿜는 위엄은 추상과 같았다.

"무엇이든 기꺼이!"

세 전생혼이 한목소리로 답했다.

[저기 보이는 현생이 너희들의 다섯 번째 생이다. 본래 이 생에서 무한 희생을 깨우치는 고난의 길 여정이나 시스템의 광영으로 운명의 괘 수정이 가능하게 되었다. 나아가 너희들이 각각 이룬 자아 완성의 보상으로 3개의 수정여의주가 윤회 장바구니에 담겼으니 3가지 특전을 줄 생각이다.]

세 가지 특전.

세 전생혼들의 주의가 집중되었다.

[너희들의 현생은 전생의 기억이 아스라이 남아 최고의 약선요리사가 되기를 원한다. 어떤 보상을 주어야 최고의 약선요리사가 될 수 있을지 차례로 답해보라.]

"무릇 요리라 함은……."

첫 번째, 은나라 최고 요리사 이윤이 나섰다.

"물이 첫손가락입니다. 사람의 몸은 움직이는 물 항아리라 물이 대다수이고 재료로 쓰는 육류, 어류, 곡식, 채소 또한 물과 뗄 수 없기 때문입니다. 지상에는 서른세 가지 물에 더불어 육천기가 있으니 합이 서른넷이오, 초자연의 힘이 깃든 반천하수와 정화수, 천리수와 추로수, 증기수와 납설수, 지장수와 요수 등의 신비수를 가질 수 있다면 능히 음식으로 병을 고치고 시든 재료로도 천상의 맛을 낼 수 있지요. 그러나 천하일미 요리사에 최고의 진상품 재료라 해도 물이 나쁘면 용빼는 재주 없습니다. 내가 은나라 최고 요리사로 꼽힐 수 있었던 건 천하의 약수를 두루 섭렵해 좋은 물을 보고 다룰 줄 알았기 때문입니다. 긴 수련을 통해 종국에는 손만 축여봐도 식재료의 반응을 알 수 있을 정도였습니다. 특히 내 다섯 번째 생이 사는 시대는 모든 물이 찌들고 오염되어 수기(水氣)를 잃은바 당연히 물 다루는 재주가 긴요하리라 봅니다."

이윤의 말과 함께 생전의 수련 모습이 피어올랐다. 그의 물 공부는 처연하고 치밀했다. 명산 명수를 죄다 찾아다녔다. 그 물을 요리에 적응하고 차이와 특징, 제법을 알아냈다. 독수(毒水)를 맛보다 죽을 뻔한 적도 한두 번이 아니었다.

[SS등급의 수정여의주를 받을 만한 삶이었군.]

두 메신저가 한결같이 인정했다.

"제 생각은……."

두 번째는 이성계의 숙수를 가르친 고려 말기의 대령숙수 권필이었다.

"요리의 핵심은 물, 불, 재료, 정성, 식기로 꼽을 수 있습니다. 좋은 물 다음이라면 역시 재료겠지요. 식재료도 인간과 같아 겉은 멀쩡하지만 속은 곯은 게 있는가 하면 겉은 볼품없지만 본래의 맛을 간직한 진국이 있습니다. 그 구분은 생김새, 색, 맛, 생육기간과 채집 시기, 원산지, 부위, 전체 조화를 통해 선택하는 것이니 이런 안목이 없다면 좋은 물이 있어도 최상의 맛을 낼 수 없습니다."

"큼큼, 이제 제 차례가 된 것입니까?"

마지막으로 명의 정진도가 입을 열었다.

"제 스승의 말에 의하면 최고의 명의는 오장육부, 오장칠부를 들여다볼 수 있다고 했습니다. 저는 그분의 권유에 따라 달이 한 번 기울고 차는 동안 연잎에 맺히는 이슬만 먹으면서 오장육부를 가늠하는 능력을 얻었기에 많은 환자에게 도움을 주었습니다. 약선이라면 한의학과 일맥상통하는 것이니 약식동원이라는 말이 달리 있는 게 아닙니다. 제대로 된 약선요리를 하려면 간지나 사주에 따른 체질, 혹은 오행 분류에 따른 여섯 체질을 보고 갈래를 칠 줄 알아야 소용되는 약재를 연결해 진짜 약선요리의 일가를 이루리라 봅니다."

—물을 다루는 능력.

—식재료를 보는 능력.

—사람 체질을 꿰뚫는 능력.

전생들의 의견은 셋으로 집약되었다.

[이상. 의견 접수 종료.]

환생 메신저가 전생 메신저를 돌아보았다. 신호를 받은 전생 메신저의 손이 허공을 저었다. 세 전생혼은 그들이 나왔던 홀을 따라 아스라이 명멸해 갔다.

[구상 나왔어?]

전생 메신저가 물었다.

[애초의 두 생은 최고의 요리사에 약선식의, 그 뒤의 생은 명의이자 식치. 그러나 이들 3생 기억은 봉인된 지 오래라 아련할 뿐이고 그나마 현생의 유전자에 남은 건 직전 생인 도예공의 눈썰미와 미적감각…….]

[……]

[하지만 이런 경우에는 봉인 해제가 가능하지.]

[요리와 관련된 부수적인 곁가지들이 있던데?]

[세 전생의 주특기들?]

세 전생의 주특기.

전생들이 말하지 않았지만 메신저들은 알고 있었다.

이윤의 필살기—상지수 중첩포막(包膜)법.

권필의 필살기—묘술 발골발종(發骨發種)법, 영물(靈物)대치요리법.

그리고.

정진도의 필살기—천박재료 진미승화법.

[걸려야 하는 걸까?]

[거기에는 다른 옵션이 걸렸으니 복불복이야. 대박 운에 만족하지 않고 정진하면 결국 필살기 보너스도 얻게 될 테지. 가장 높은 곳에서 가장 겸허한 마음이 만나면… 쉽지는 않지만 불가능하지도 않아. 시스템이 추적 관리하면서 알아서 하는 것 같으니 우리는 우리 할 일만 하자고.]

말이 끝나기 전에 은빛 시그널의 디지털 형상들이 하늘에서 내려왔다. 또 하나는 물에서, 나머지 하나는 땅속에서 시작되었다. 세 형상은 허공에서 만나 연리지를 이루며 이민규의 몸에 내려앉았다.

후웅!

신성(神聖).

거룩한 형상이 닿자 민규의 몸도 빛 그 자체가 되었다.

[인류 Total Life System에 접속합니다.]

[입력된 세 가지 특권에 대한 작업 수행 탐색 중입니다.]

[Life No.106,965,964,963의 운명의 괘 변경 중입니다.]

[장바구니의 세 수정여의주에 대한 보상 아이템 특성을 결정합니다.]

세 가지 보상 아이템.

삼라만상의 덕목으로 빼곡한 시스템이 소리도 없이 돌아가기 시작했다.

[특전, 제1생의 업적으로부터 33+1의 초자연 신비수의 제조 손가락 권능을 부여합니다.]

[특전, 제2생의 업적으로부터 식재료의 선별 권능을 부여합니다.]

[특전, 제3생으로부터 여섯 체질 구분의 리딩 권능을 부여합니다.]

[보너스—수정여의주 3개에 대한 보너스로 전생의 약선요리 관련 경험을 추가합니다.]

[시스템 인증을 요청합니다.]

비빗.

[시스템 인증.]

[대상자 해마 시냅스 개방.]

[시냅스 공간 확보 중.]

[전생 경험 장기 기억 방으로 입력 개시.]

[01010101010…0101110101010001010…
0101001010001101010010000…000101010001110101
0100101100101010000…0101001011101010100010…
1000110101010111000010……]

음양으로 나뉜 디지털 신호가 무한 반복 되더니 한순간, 벼락처럼 정지해 버렸다.

[전생으로부터 경험 입력 완료.]

[전생 능력 적응에 천지인(天地人)의 조화 기간 72시간 소요 예정.]

[시스템을 종료합니다.]

비빗.

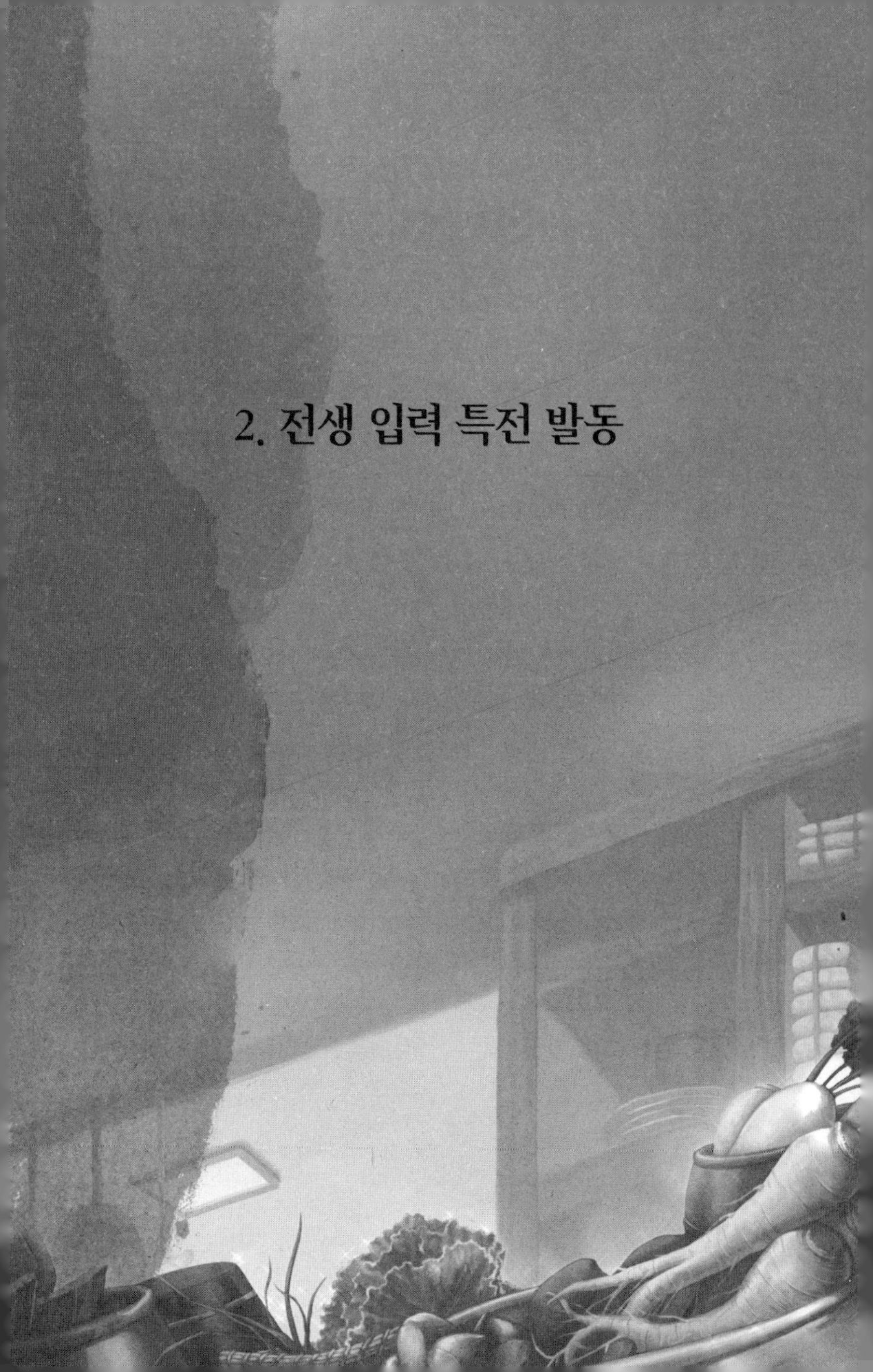

2. 전생 입력 특전 발동

시스템 종료.

"억!"

그 메아리와 함께 흥건하게 젖은 민규의 몸이 꼬일 듯 꿈틀거렸다. 온몸에 짜릿함이 휘돌다 지나갔다. 전류 같지만 그와도 달랐다. 영혼을 분해하는 에너지 파동 같은 느낌이었다.

"이 사람, 정신이 돌아왔어요."

소리친 사람은 119 구급대원이었다. 민규는 막 구급차에 태워지고 있었다.

"괜찮아요?"

구급 간호대원이 물었다.

"여긴?"

"119 구급대예요. 학생 오토바이가 사고가 나서……."

오토바이.

그 말과 함께 조금 전의 상황이 떠올랐다. 급발진에 이어 떠오른 몸…….

꼼지락.

손발을 움직여 보았다. 크게 아프지 않았다.

"함부로 움직이면 안 돼요. 신고자에 의하면 허공에 떴다가 저쪽 연못에 추락했대요. 척추 골절이 있을지도 몰라요."

"괜찮은데요?"

"학생."

"저 학생 아니에요. 출장 요리사예요."

"지금 그게 중요한 게 아니고……."

"죄송하지만 저 그냥 가겠습니다. 중요한 출장이 있거든요."

민규가 구급 들것에서 일어섰다.

"이봐요."

구급대원들의 외침은 듣지도 않고 똥토바이로 뛰었다. 젖은 옷이 거추장스럽지만 개의치 않았다. 똥토바이는 작은 연못 옆에 쓰러져 있었다. 백미러가 작살났지만 굴러가기는 했다.

'또 돈 들어가게 생겼네.'

똥토바이를 세우고 나니 갈증이 느껴졌다. 앞쪽 편의점에 들어가 생수 하나를 집었다. 뚜껑을 따는 순간 물이 넘치며 손을 적셨다.

'응?'

두 손의 마디마다 신산한 색조가 아롱져 갔다. 마치 크레파스의 색상환이 아롱져 깃든 형상이었다.

'눈이 어떻게 됐나?'

일부러 물을 출렁거려 보았다.

'응?'

똑같은 현상이 일어났다. 물이 닿은 마디마다 색상환이 아른대는 것이다. 그러고 보니 색상을 띠는 생수 안에도 소용돌이치고 있다. 한두 개도 아니었다. 그게 신호였는지 눈에서도 이상한 반응이 느껴졌다. 온몸의 에너지가 눈으로 쏠려왔다. 그 느낌은 이내 머리 깊은 곳을 치고 들어가 대뇌피질 해마의 기억 정보를 리뉴얼시켰다.

—요리 시조의 물 수련, 요리 수련과 그 비기들.

—대령숙수의 약선과 식재료 선별 비법들.

—한의사의 식치 수련과 탕제 비기.

열두 가닥을 이룬 신빛에는 약선의 기본이 되는 물과 재료에 더불어 오장육부의 상호작용, 정(精)—신(神)—기(氣)—혈(血)—진액(津液)의 의미, 산미(酸味), 고미(苦味), 감미(甘味), 신미(辛味), 함미(鹹味), 담미(淡味)의 여섯 맛의 진수와 경륜의 정보가 고스란히 실려 있었다.

기억 속에 세 사람이 보였다. 한 사람은 아득한 고대의 요리 명인이었고 또 한 사람은 원조 대령숙수, 마지막은 의술에 평생을 건 조선 후기의 명의였다. 얼굴은 시리도록 투명하다. 귀신들일까? 그럼에도 특별한 공포나 거부감은 들지 않았다. 까닭 모를 기시감 같은 게 딸려오는 것이다.

딸깍!

신빛이 꺼지더니 은나라 최고 요리사 이윤의 모습이 선명해졌다.

딸깍!

다시 명멸하며 대령숙수 권필이 또렷해졌다.

딸깍!

마지막은 향촌의 명의 정진도였다.

셋은 하나로 합치는 듯하더니 아련한 미소로 명멸되었다.

'이민규… 맛이 제대로 갔구나?'

귀신이 친숙해 보이다니. 후덜덜이다. 손에 든 물을 떨어뜨리고 말았다. 헛것에 환상까지. 최소한 뇌진탕이 분명했다.

"이봐요."

구급 간호대원이 소리쳤다. 그들은 아직도 민규를 주시하고 있었다.

"이봐요."

"……."

소리에 반응하지 않았다. 설령 뇌진탕이면 어쩔 것인가? 추돌사고는 민규의 과실이니 치료비 또한 민규가 부담할 판이었다. 트럭 기사가 꾀병을 부리고 싸고 드러누우면 그 피박도 민규 몫이었다. 튀는 게 장땡이었다. 가다 똥토바이와 함께 나뒹굴게 되더라도.

부릉.

입술을 물며 기어를 당겼다. 이때까지도 민규는 전혀 알지 못했다. 자신의 몸에 어떤 변화가 생겼는지를.

끼익!

별빛유치원에 도착했다. 오늘의 첫 번째 편식 치료 방문이었다. 유치원의 오전은 바쁘다. 특히 주방이 그랬다. 그렇기에 유치원들은 사실, 편식 치료 프로그램을 달가워하지 않았다. 쓸데없는 예산 낭비에 일 하나 더 생겼다는 분위기가 지배적이었다.

"편식 치료 요리사님이세요?"

주방 쪽 출입구에서 조리사가 손을 흔들었다.

"안녕하세요?"

일단 인사부터 했다.

"아유, 바쁜데 이런 건 왜 하라고 하는지 몰라."

40대 조리사가 한숨부터 쉬었다. 종종 듣는 말이라 딱히 거슬리지도 않았다.

"식재료실에 자리를 마련했어요. 원장님께 보고할게요."

조리사는 일방통행이었다. 그녀의 협조가 필요하니 따를 수밖에 없었다.

식재료실.

주방의 한 귀퉁이였다. 프로그램 때문에 임시로 마련한 자리다. 요리 동선과 조리 기구 등은 당연히 엉망일 수밖에 없었다. 칼집을 열어 칼을 꺼내놓았다. 그사이에 장미라 원장이 꼬마들 둘을 데리고 들어섰다.

"교육청 편식 교정 요리사님 맞죠?"

원장이 물었다.

"예."

"얘들아, 인사해라. 너희들에게 맛있는 요리를 해주려고 나오신 최고 일류 요리사님이셔."

최고 일류 요리사.

과한 수식어에 얼굴이 화끈거렸다.

"안녕하세요?"

원장의 말과 함께 아이들이 배꼽 인사를 해왔다. 자세도 굳었고 표정도 굳었다. 그나마 원장은 개념이 잡힌 사람 같았다. 일부 원장들은 초장부터 아이들 기를 죽이며 시작한다.

—얘들이 우리 원 편식 대장들이에요.

—얘들이 음식 가려 먹기 금메달리스트들이에요.

그런 멘트가 나오면 더 힘들어진다. 아이들은 칭찬과 빈정을 '매우, 몹시' 잘 구분하기 때문이었다.

"재료는 여기요. 조리 기구는 그 아래 있고요, 필요한 거 있으면 말씀하세요."

조리사가 채소와 토마토 등의 재료와 양념 통을 가져다주었다.

두부, 파, 콩나물, 시금치, 당근, 오이, 무, 호박, 표고버섯, 감자, 연근, 토란, 양파, 고사리, 조개, 미더덕, 홍합……

두 아이들이 싫어하는 재료가 산더미처럼 쌓였다. 이 일이 힘든 건 이런 환경 때문이었다. 재료는 오직 유치원에서 쓰는 것을 써야 한다. 닥치고 실행이다. 하지만 HACCP가 어쩌고 해도 만족스럽지 않은 재료가 태반이었다.

지나치게 모양을 낸 플레이팅도 반칙에 속한다. 편식 치료의 목적 때문이었다. 아이들은 내일도 모레도 여기서 식사를 한다. 유치원 조리사들이 매 끼니를 출장 요리사처럼 화려하게 플레이팅할 수는 없었다. 그렇기에 평상식에 가까운 요리가 원칙이었다.

"반갑다. 내 이름은 이민규야."

민규가 손을 내밀었다. 아이들은 등 뒤로 손을 감췄다. 경계심 작렬이었다.

'시작부터 만만치 않군.'

얼굴은 웃지만 마음은 구겨졌다.

"자, 거기 앉으세요. 지금부터 맛있는 요리가 시작됩니다."

민규가 당근 두 개를 집었다. 그러고는 허공에서 저글링을 시작했다. 아이들에게 보내는 아부신공이었다. 긴장을 풀어 편식 재료에의 경계심을 해소하려는 의도였다.

당근.

색깔이 아름답다. 땅속의 등불이다.

양파.

신비롭다. 까도 까도 속을 알 수 없다.

매끈한 생김새처럼 성분도 아름답다. 너무 잘 알려져서 두말하면 잔소리였다. 그런데 아이들은 왜 이 좋은 채소를 꺼리는 걸까?

미뢰 때문이다. 아이들은 성인보다 미뢰가 많다. 더불어 기억이 거든다. 아이들의 미뢰는 쓴맛 단맛을 다 본 게 아니었다. 뭔가를 맛보면, 과거의 기억을 불러낸다. 그 경험이 좋지 않으면 뇌가 위험 신호를 보낸다. 아이는 자동으로 '우웩' 하며 반응한다.

특히 쓴맛이 그렇다. 맛의 민감도는 쓴맛〉신맛〉짠맛〉단맛의 순서다. 쓴맛은 조금만 있어도 감지가 되는 것이다.

맛을 분석하는 건 대뇌피질이다. 뭔가를 먹으면 침 속에 녹아 있는 이온들이 움직인다. 그것들이 미세융모를 자극해 뇌에 맛의 정보를 전송한다. 이때 맹활약하는 감각기관이 미각유두다. 혀의 겉면에는 세 가지의 미각유두가 존재한다. 혀에 작은 모래알처럼 융기된 돌기가 바로 그것이다. 성인을 기준으로 약 10,000개 내외가 있는데 이들 미뢰에는 저마다 20~30개의 맛 감지 세포가 장착되어 있다.

그렇다면 맛은 어떻게 느끼게 되는 걸까? 크게는 오감이 작동한다고 한다. 여기서는 미각만 고려한다. 대표적으로 두 개만 꼽으면 단맛은 당분의 감지요, 쓴맛은 마그네슘이나 칼슘 등의 무기염, 유기물질 등을 감지할 때 느끼게 된다.

맛을 감지하는 수용체에는 세 가지가 있다.

aa.

pp.

ap.

사람은 이들 세 유전자 중에 하나를 가지고 있다. 소위 미식가로 불리는 사람들은 이들 가운데 두 개의 우성 맛 감지 유전자를 확보하고 있다. 반대로 두 개의 열성 맛 감지 유전자를 가지면 허접한 미각이 된다. 보통 사람들은 하나의 열성과 하나의 우성 맛 감지 유전자를 보유하고 있다.

수치로 비교하면 이해 속도가 빨라진다. 미식가 타입은 약 400여 개, 보통은 200여 개, 싼 미각을 사람은 혓바닥 1㎠당 100개 정도의 미뢰를 소유하고 계시다.

일반적으로 여자는 쓴맛 민감도가 높고, 남자는 단맛 민감도가 높…….

'응?'

미뢰를 생각하던 민규가 고개를 들었다. 머리가 짜릿했다. 미뢰에 대해 모르는 건 아니었다. 공부도 했다. 하지만 늘 아련하던 기억이 어떻게 이렇게 디테일하게? 그것도 마치 전문가처럼 술술?

'나 제정신이야?'

민규가 벽을 돌아보았다. 거기 대형 거울이 있었다. 단정한 요리복에 요리 모자, 눈동자도 깨끗했다.

'몹시, 매우, 아주, 상당히 멀쩡한데?'

눈을 꿈뻑이고는 다시 고개를 돌렸다. 그런데 멀쩡하지 않았다. 이번에는 아이들이었다. 아이들의 몸에 빛의 스펙트럼 같은 게 보였다. 연둣빛 초록빛 빛덩이가 신기루처럼 반짝이는 것이다.

꿈뻑.

고개를 저으며 눈을 깜빡였다. 지난번에 본 블록버스터 영화가 떠올랐다. 종규를 위해 지른 안방 영화였다. 거기 나오는 주인공들이 그랬다. 전투 슈트를 입으면 온몸에 형성되던 전자 실드의 파동막. 그 슈트의 기능을 보여주는 스탯창. 그러나 이건 현실이었다. 초능력 영화의 주인공도 아니고 편식하는 유치원 아이들이었다.

'아무래도 뇌진탕……?'

젠장!

아드레날린이 불규칙하게 솟구치기 시작했다.

"잠깐만."

마음을 가라앉히기 위해 생수 통으로 향했다. 종이컵을 뽑아 물을 마셨다. 한 잔, 두 잔, 세 잔…….

'응?'

거기서 목 넘김을 멈췄다. 손가락이 이상했다. 아까처럼 오른손 손가락 마디에 빛이 서린 것이다. 물맛은 또 왜 이럴까? 오장육부가 편안해졌다. 마치 별과 달이 밤새 속삭이다 간 새벽의 첫 정화수, 그 고요와 싱그러움을 삼킨 기분이었다.

순간.

허공에 물결이 일었다. 수많은 물의 향연이었다. 초자연의 힘을 지닌 신비수 서른세 가지. 그것들이 물결의 파노라마를 이루며 휘돌았다.

1) 반천하수(半天河水)

하늘에서 내려와 땅에 떨어지기 전의 물. 상지수라고도 하며 편작 등의 고대 명의들은 이 물을 마시고 오장육부를 들여다보았고 귀신도 쫓아낸다는 신비한 물이다. 진액을 우릴 때 좋고 불로약 등을 다릴 때 긴요하며 사용자의 공력이 깊어짐에 따라 신묘한 효능을 볼 수 있다.

2) 마비탕(麻沸湯)

생삼을 삶은 물. 허열(음양기혈 부족으로 생기는 열)을 내리는 데 쓴다. '화타(華陀)'가 만든 약이라고 알려진다.

3) 정화수(井華水)

새벽에 처음 길은 우물물. 이 물맛은 눈이 녹은 물처럼 달며 독이 없어 약을 달이는 데 사용된다. 술독을 풀고 구취를 제거하며 아홉 구멍에서 나오는 출혈에 잘 듣는다. 이 물로 차를 마시면 머리와 눈을 밝게 한다. 음(陰)을 보하는 물이다.

4) 열탕(熱湯)

뜨겁게 끓인 물. 양기를 북돋으며 경락을 통하게 한다.

5) 감람수(橄欖水)

휘저어서 거품으로 생긴 물. 상한음증(傷寒陰症)에 쓴다.

6 납설수(臘雪水)

섣달에 온 눈이 녹은 물. 차고 맛이 달며 열을 다스리는 데 사용한다. 충혈된 눈을 씻으면 풀리며 김장독에 넣으면 김치의 맛이 변하지 않고 과실과 채소를 담가두면 맛과 신선도가 살아난다.

7) 지장수(地漿水)

해독 효과. 독버섯이나 기타, 중독되어 답답한 것을 푸는 데 사용한다. 채소를 담가두면 싱싱해진다.

8) 요수(潦水)

산골에 고인 물. 맛이 담박하다. 음식을 잘 먹게 하고 비위를 보하며, 중초의 기운을 보하는 약을 달이는 데 좋다.

9) 생숙탕(生熟湯)

짜고 무독. 끓는 물에 찬물을 타서 만든 것. 술 깨고 숙취 제거, 소화를 도우며 볶은 소금을 가미하면 체한 걸 내려주고 음양의 조화를 이루는 음양탕이다.

10) 우박(雨雹)

간장 맛이 변했을 때, 우박을 넣으면 장맛이 살아난다.

11) 방제수(方諸水)

조개껍질을 밝은 달빛에 비추어 받은 물. 아침 이슬과 같아서 눈을 밝아지게 하고 마음을 안정시킨다.

12) 장수(漿水)

좁쌀로 쑨 죽의 윗물. 즉, 장수다. 따뜻하고 달고 시며 졸음을 막고 차게 마시면 더위에 최고다. 더위를 막고, 설사와 갈증 해소에 사용한다.

13) 조사탕(繰絲湯)

누에고치를 삶은 물이다. 당뇨에 좋고 입이 마르는 것을 막아준다.

14) 역류수(易流水)

천천히 휘돌아 흐르는 물로, 먹은 것을 토하게 할 때 사용한다.

15) 순류수(順流水)

순하게 흐르는 물. 무릎 질병과 더불어 대소변을 잘 보게 한다.

16) 한천수(寒泉水)

찬 샘물로 새로이 길어다가 보관하지 않는 상태의 우물물로, 약을 달이는 물로 사용했다. 대변, 소변을 잘 나가게 하고 생선뼈가 걸렸을 때 잘 듣는다.

17) 급류수(急流水)

급히 흐르는 여울물. 대변, 소변의 순환이 원활하지 않을 때 사용한다.

18) 국화수(菊花水)

국화 밑에서 나는 물. 따뜻하고 맛이 단 것이 특징이다. 이 물을 마시면 장수하고 중풍, 어지럼, 근육 저림을 치료한다.

19) 춘우수(春雨水)

정월에 처음으로 내린 빗물. 달고 양기가 충만해 발기력에 좋으며 불임 부부가 먹고 합방하면 임신할 수 있다.

20) 추로수(秋露水)

가을철 아침 해가 뜨기 전에 이슬을 받은 물. 순하고 달며 피부와 살빛에 생기를 더하며 얼굴을 예쁘게 만든다. 눈도 밝아지고 오래 마시면 장수와 더불어 배도 고프지 않아진다.

21) 증기수(蒸氣水)

밥을 찌는 시루 뚜껑에 맺힌 물. 머리털을 자라나게 하고, 이 물로 머리를 감으면 머리카락이 검어지고 윤기가 난다.

22) 옥정수(玉井水)

옥(玉)이 있는 곳에서 나오는 샘물. 오래 마시면 몸이 윤택해지고 머리털이 희어지지 않는다.

23) 벽해수(碧海水)

바다 한가운데의 물. 푸른빛이 돌며 성질은 짜고 따뜻하다. 이 물을 끓여서 복용하면 가려움증을 동반한 피부병에 좋다.

24) 천리수(千里水)

천리를 달려온 물. 순하고 달며 독이 없다. 몸속 깊은 병과 손발끝 등의 말단의 병을 치료하다.

25) 매우수(梅雨水)

매화 열매가 누렇게 익었을 때 내린 빗물. 상처 나거나 피부가 헌 곳을 씻으면 깨끗이 아문다.

26) 온천수(溫泉水)

피부병 치료에 좋다.

27) 냉천수(冷泉水)

맛이 떫은 찬물. 이 물은 편두통, 화병 등에 효과가 있다.

28) 동상(冬霜)

겨울철에 내린 서리, 술로 인해 생긴 열, 얼굴이 벌겋게 되는 것 등 열로 인한 질병을 치료할 때 쓰이는 물이다.

29) 하빙(夏氷)

여름철의 얼음. 직접 먹으면 병이 생긴다. 그릇 둘레에 두어 음식을 차게 해 먹으면 좋다. 몸에 열이 나고 가슴이 답답한 증세를 치료한다.

30) 옥류수(屋霤水)

볏짚 지붕에서 흘러내린 물로 광견병을 치료한다.

31) 모옥누수(茅屋漏水)

초가집에서 흘러내린 물. 옴이나 독창 따위의 운모독을 죽이니 운모 고약을 만드는 데 쓴다.

32) 동기상한(銅器上汗)

구리 그릇의 뚜껑에 맺힌 물. 독성이 있어 이 물이 떨어진 음식을 먹으면 몸에 종기나 종양 등의 병이 생긴다.

33) 취탕(炊湯)

묵은 숭늉의 물로 얼굴을 씻으면 얼굴에 윤기가 없어지고, 몸을 씻으면 버짐이 생긴다.

반천하수.

마비수.

정화수.

감람수…….

이명(耳鳴)이 뼛속까지 이어진다.

이거 왜 이래?

"왜요? 물이 이상해요?"

조리사가 물었다. 아이들이 먹는 물이다. 그렇잖아도 사고 전력이 있었다. 삼복더위에 복도에 오래 두었던 생수를 먹고 원아 넷에게 배탈이 났던 사건이었다. 그 후로 정수기 스트레스가 이만저만이 아닌 조리사였다.

"그게 아니고 물맛이 너무 좋아서요. 한번 마셔보세요."

민규가 한 컵을 뽑아 내밀었다. 조리사가 받아 마셨다.

"어머, 진짜네!"

푸짐한 그녀가 자지러졌다.

"생수 거래처 바꿨어요?"

원장도 다가섰다. 그녀는 스스로 한 컵을 뽑아 마셨다.

"응? 그저 그런데?"

원장이 어깨를 으쓱해 보였다.

"그래요? 방금 물은 속이 다 후련하던데?"

조리사도 자기가 직접 한 컵을 뽑았다.

"어머, 왜 이래? 요리사 선생님이 줄 때는 달고 시원했는데? 물에 뭐 타셨어요?"

물을 마신 조리사가 민규를 바라보았다.

"아뇨."

민규가 손을 보여주었다.

"그럼 선생님 손이 마법의 손?"

"그럴 리가요?"

"다시 한번 뽑아보세요."

조리사가 등을 밀었다. 민규가 다시 한 컵을 뽑았다.

"한번 드셔보세요."

그걸 받아 원장에게 내미는 조리사.

"어머!"

물을 마신 원장이 소스라쳤다.

"기막혀. 가슴이 시원해지네? 눈도 맑아지는 기분이고."

"그렇죠?"

"선생님, 다시 한번 뽑아줘 보세요. 이거 대체……."

원장의 요청이 들어왔다. 민규가 그 요청을 받았다. 물을 마신 원장, 고개를 갸웃하더니 재빨리 자기 손으로 한 잔을 뽑아 거푸 들이켰다.

"어머어머… 이게 웬일이래?"

원장이 홀딱 뒤집어졌다. 똑같은 생수 통이건만 민규가 뽑아준 물맛과는 천지 차이가 나고 있었다.

"얘들아, 너희도 이리 와봐."

조리사가 두 아이를 불렀다. 어른들의 호들갑에 관심을 보이던 아이들이 주춤주춤 다가섰다. 조리사가 두 컵을 뽑아 아이들에게 주었다.

"맛 어때?"

"심심해요."

"물이에요."

아이들이 답했다.

"선생님."

조리사가 민규를 바라보았다. 민규가 다시 두 컵을 뽑았다. 아이들이 그 물을 마셨다.

"우와!"

"대박 짱!"

아주 다른 물맛에 두 아이도 자지러졌다.

"이 요리사 선생님, 대단하시네. 물도 요리하는 거예요?"

조리사 눈에 존경심의 쌍라이트가 켜졌다. 더 신나는 건 아이들의 반응이었다. 맛난 물을 받아 마신 아이들. 원장과 조리사까지 뻑 간 모습을 보이자 민규에 대한 신뢰와 기대가 새록새록 피어난 것이었다. 소위 군중심리였다.

기세를 몰아 요리에 들어갔다.

감이 좋았다. 뇌진탕인지 나발인지는 모르지만 잘 풀릴 것 같았다.

뭘 할까?

식재료를 바라보았다. 그러자 재료 바구니에서도 이상한 반응이 왔다. 원래도 식재료 보는 눈썰미가 평균 이상이던 민규. 그게 디테일하도록 선명해졌다. 가장 좋은 순으로 식재료 줄이 서는 게 아닌가?

두부〉조개〉버섯〉감자〉호박〉당근〉시금치…….

"……?"

민규의 시선이 마지막 재료에서 멈췄다. 미더덕과 홍합이었다. 두 재료의 느낌은 서늘했다. 겉보기는 탱글한데 나쁜 느낌이 드는 것이다.

'먹지 말라는 건가?'

고개가 갸웃 기울었다. 시각, 촉각, 후각의 새로운 반응이었다.

"그건 아침에 받은 거예요. 남해에서 새벽에 올라왔다고 하던데요?"

민규의 눈치를 알아차린 조리사가 답했다.

"아, 예……."

민규 눈은 식재료에 꽂혀 있다. 식재료가 움직이는 것만 같았다. 그러더니 기어이 이상한 현상이 일어나고 말았다.

약식동원.

재료에서 계시 같은 울림이 왔다.

—궁중두부요리.

그 계시가 민규 머릿속을 파고들었다.

'궁중두부요리?'

영감처럼 든 생각을 돌아보는 민규였다. 그런 요리가 있다는 말은 들었지만 해본 적은 없었다. 그런데 분명히 해본 것처럼 생생한 기억이 스쳐 갔다. 지름신 강림인가? 이 신은 사실 처음이 아니었다. 종종 그런 기분이 들은 적이 있었다. 100분의 5확률로 성공한 적도 있었다.

그런데 오늘 오신 이분은 다른 날보다 더 명쾌한 확신이었다. 아이들을 바라보았다. 두 아이 몸의 아우라는 아직 가시지 않았다. 재료를 보았다. 재료에도 아우라가 보였다. 더 놀라운 건…….

"……?"

아이들의 아우라와 재료의 아우라가 닮아 보인다는 것. 아이들의 아우라는 아까보다도 살갑게 변했다. MRI라도 보여주는 듯, 한순간 인체 내부가 아련하게 들여다보였다. 여자아이의 목과 폐에 그 아련함이 남았다. 남자아이는 위 쪽에서 진했다. 폐와 위가 튼튼하지 않다는 계시일까?

—약식동원.

그 울림이 한 번 더 반복되었다.

약식동원.

약과 음식은 그 뿌리가 같다는 말이다. 알고는 있지만 이렇게 운명 같지는 않았다.

'이민규…….'

뇌진탕의 부작용 작렬이냐, 신의 계시냐?

당장 병원으로 뛰어가 MRI 찍느냐, 당장 죽어도 셰프답게 주방에서 죽느냐?

고민하던 민규, 영감을 따르기로 했다. 물에서 시작된 좋은 느낌을 믿고 싶었다.

"오늘의 요리는 궁중의 왕자님, 공주님에게 바치는 왕실두부요리가 되겠습니다."

민규, 두 꼬마 손님을 향해 정중한 예를 갖춰 보였다. 단어도 궁중보다 쉬운 왕실로 바꾸었다. 언어 서비스였다. 두 꼬마는 눈알만 말똥거렸다.

"자, 어떤 재료를 듬뿍 넣어줄까?"

민규의 시선이 여자아이를 겨누었다. 여자아이는 무조건 도리질부터 했다. 앙다문 입술은 철통의 요새처럼 보였다.

안 먹어요.

꿈 깨세요.

꺼지세요.

아이의 표정에서 묻어나는 결의의 포스였다.

"홍항아? 오늘 마스크 쓰고 왔어?"

끄덕.

"선생님이 보니까 네 폐가 미세먼지에 약해. 미세먼지 알지?"

"어? 의사 선생님도 그렇게 말했는데?"

항아가 응답을 해왔다. 딱 맞춘 까닭이었다.

"그렇지?"

"네, 나 병원 갔었어요. 주사 맞아도 안 울었어요."

"우와, 항아 용감한데?"

"그런데 선생님이 어떻게 알아요? 선생님은 의사 선생님이 아니잖아요?"

"음, 약식동원이라고 좀 어려운 말이 있는데 좋은 음식은 약이 된다는 말이거든? 그래서 조금은 알 수 있지."

"으응… 약씩동언."

"약식동원."

"나도 알아요. 약신동원!"

항아는 엉덩이까지 들썩이며 목소리에 힘을 주었다.

"미세먼지에는 이런 음식들이 좋거든. 당근에, 토마토에 시금치에 양배추에 호박에… 우와, 이제 보니 미세먼지에 좋은 먹거리들이 너무 많네?"

이건 사탕발림이 아니었다. 위에 나열한 재료들은 폐 점막 보호에 탁월한 음식들이었다.

"……."

"박경재, 너는 잘 토하지? 밥 먹으면 배도 조금 아프고?"

민규의 시선이 남자아이에게 건너갔다.

끄덕.

경재가 고개를 끄덕였다.

아이들은 솔직하다. 어른들처럼 내숭 떠는 게 아니다. 딱 맞추면 바로 인정해 버린다.

“토하는 데는 표고버섯이 짱이지. 시금치는 내장을 힘차게, 당근은 폐에도 좋지만 비위의 힘을 길러주는 데 최고거든…….”

민규의 설명은 막힘이 없었다. ‘그분’이 제대로 오고 있었다. 하지만 불의의 허를 찔렸다. 항아였다.

“버섯은 곰팡이예요. 곰팡이는 먹으면 배 아파요.”

“……?”

“어른이 그것도 몰라.”

항아가 눈알이 터져라 눈을 흘겼다.

틀린 말은 아니다. 이틀에 한 번 꼴로 당하는 카운터급 말발이었다.

이 또래의 아이들은 황당할 정도로 고급 단어를 잘 구사하는 경우가 있었다. 논리까지 갖췄으니 자칫하면 헐렁한 어른으로 비칠 수 있었다.

그렇게 되면 요리고 나발이고 소용없다. 한번 얕보이면 요리까지 얕보이는 것이다.

“곰팡이는 맞지만 좋은 곰팡이야. 우리가 쓰는 말에도 착한 말 나쁜 말이 있듯이.”

“피이.”

“그리고 곰팡이보다는 미생물이라는 말이 좋아.”

미생물.

민규도 모르게 최적의 단어가 나왔다. 신들림은 계속 진행형이었다.

"선생님은 착한 요리사예요?"

"항아가 보기엔 어때?"

"나쁜 요리사 같아요."

"왜?"

"싫어하는 요리를 먹으라고 하니까요. 요리사 선생님은 싫은 거 먹으라고 하면 좋아요?"

돌직구다.

물론 싫지. 잘난 어른들은 저 싫으면 안 해. 그러면서 아이들에게는 정의를 권하지. 저희는 하나도 정의롭지 않으면서 말이야. 그러니까 이해해 줘. 나도 먹고살려면 어쩔 수가 없어.

"음식은 골고루 먹어야 하거든. 안 그러면 뚱뚱해지거나 몸이 약해질 수 있어. 항아 몸이 이따시만 하게 뚱뚱해져서 아프면 좋아?"

"아니요."

항아가 입술을 삐죽거렸다. 진지하게 응수한 민규가 1승을 올리는 순간이었다.

"자, 그럼 요리 들어갑니다."

여세를 몰아 칼을 잡았다. 그러자 항아가 손을 들었다.

"잠깐요."

"왜? 또 할 말 있어?"

"나는 다섯 갠데 경재는 왜 세 개예요?"

이번에는 숫자를 걸고 넘어지는 항아였다. 아이들도 손해 보는 건 싫어한다.

"음… 그럼 너도 두 개 빼줄까?"

"네. 친구니까 똑같이 해주세요."

"어떤 거 뺄까?"

"이거하고 이거요."

항아가 짚은 건 토마토와 양배추였다. 어차피 다 넣어야 하는 건 아니니 쿨하게 의견을 받아주었다.

"그럼 요리해도 될까요?"

"네."

항아가 대답했다.

칼이 움직이기 시작했다. 궁중두부요리라면 두부와 닭고기가 궁합이었다. 닭고기가 없으니 조갯살로 대신했다.

"미감수, 아니, 쌀뜨물 좀 부탁해요."

조리사에게 말했다.

쌀뜨물은 채소의 쓴맛을 잡기 위한 비법이었다. 약선에서는 미감수라고 부르기도 한다. 아이들은 채소의 풋내와 쓴맛을 귀신처럼 알아낸다. 그러니 그 과정을 생략하는 건 자살골이나 마찬가지였다.

그사이에 당근을 잡았다. 당근은 원래 매끈하고 표면이 고르며 단단한 게 좋다. 그런데 투박한 놈에게 저절로 손이 갔다. 표고버섯도 그랬다. 갓이 덜 펴지고 연한 밤색이면 좋은 재료. 그걸 제치고 단단한 놈을 고른 것이다. 아까 느낀 오감의 거듭된 발동이었다.

생긴 모양, 고유의 색, 본래의 맛, 생육기간과 채집 시기… 자신도 모르는 사이에 여러 조건들이 고려되었다. 원래도 식재료 보는 눈썰미가 좋았지만 전과는 다른 차원의 선택이었다. 매우 퀄리티 높은 차원이었다.

'내 머리 제대로 붙었나?'

거울을 보니 제자리에 보였다.

아직은 안전해.

다다닥!

타다다닥!

신경 끊어버리고 칼질을 시작했다. 그런데 이 칼질이 또 예술이었다. 불과 몇 번 만에 재료 손질을 끝내 버렸다. 통썰기와 깍둑썰기, 다지기도 궁극의 한 장면이었다.

당근에 호박, 감자까지 곁들여 눈 깜짝할 사이에 끝났다. 그 크기는 기계로 찍어낸 듯 일정하면서도 부드러웠다.

'내 실력이 이렇게 늘었나?'

고개를 갸웃하며 채소를 쌀뜨물에 투하했다. 걱정의 포인트는 여기였다. 본래는 한 시간 이상은 담가야 쓴맛이 사라지는 법. 그러나 현장의 사정상 10분 이상 담그기는 어려웠다.

'사이다.'

유혹이 다가왔다. 통쾌한 장면이나 사건, 뉴스 등에 많이 쓰는 유행어 사이다. 쓴맛 제거에도 사이다는 사이다(?) 역할이었다. 쌀뜨물에 사이다를 첨가하면 쓴맛 빼는 시간이 줄어든다는 말이다.

'지장수처럼 나쁜 맛을 빼주는 물이 있다면?'

괜한 상상을 할 때, 손가락 마디가 새근 반응했다. 그러자 손이 닿은 쌀뜨물에서 신성한 느낌이 올라왔다.

'응?'

이 유치원은 쌀뜨물도 특별한가?

그런가?

민규의 시선이 생수 통으로 향했다. 물맛이 기막힌 유치원이었다. 그렇다면 쌀뜨물도 그럴 수 있었다. 손가락으로 찍어 맛을 보았다.

'정갈하네?'

물맛이 시원하면서도 깔끔했다. 따질 것 없이 채소들을 입수시켰다.

주재료인 두부와 조갯살 손질에 돌입했다. 두부는 으깨고 조갯살은 내장을 정리한 후에 다졌다. 물기를 빼고 두 살을 섞었다.

그사이에 당근, 감자, 호박 등의 재료가 찜통에서 익어갔다. 그것들을 꺼내 설탕과 소금을 살짝 가미한 후에 따로 으깼다. 당근만은 들기름을 둘러 한 번 볶아주는 수고를 들였다. 시금치는 요리 전에 한 번 더 맛을 보았다. 냄새가 난다면 설탕을 써서 수산 성분을 날려 버릴 생각이었다.

"……?"

맛을 본 민규가 흠칫거렸다. 시금치 특유의 날렵한 냄새가 느껴지지 않았다. 게다가 시금치… 신선도까지 확 살아났다. 그 식감에 끌려 날것을 물었다.

흐음…….

수산의 불편한 맛은 우주 저편으로 실종되고 없었다.

마음먹은 대로 되고 있는 식재료들.

탄력받은 채로 메인 재료로 옮겨갔다.

'참기름, 후추, 소금, 설탕, 계란 노른자…….'

궁중두부요리라면 찰기를 위해 녹말가루가 필요하다. 하지만 민규의 선택은 계란 노른자였는데, 무의식 속에 일어난 일이었다. 그걸 치댄 후에 작은 찜통기 바닥에 한 국자를 펴 담았다.

"자, 선생님 좀 도와줄래? 손바닥으로 꾹꾹 누르면 돼."

아이들에게 찜통기를 밀어주었다. 손을 씻고 대기 중이던 아이들, 처음에는 멀뚱거리며 조심스러워했다. 아이들의 특징이다. 누군가 적극적인 아이가 있으면 따라 하는데 두 아이의 성향은 전부 소극적이었다.

"이렇게 하면 돼. 손바닥으로 꾹꾹."

민규가 시범을 보였다. 항아가 먼저 시늉을 냈다. 경재도 그제야 꼼지락 움직이기 시작했다.

"구석구석 잘 눌러주세요. 그래야 맛있게 익습니다."

민규가 모서리를 눌렀다. 아이들은 씩씩거리며 따라왔다. 어느 정도 자리를 잡자 그 위에 채소 으깬 소를 올려주었다.

항아의 소는…….

당근—시금치—감자.

경재의 소는…….

표고버섯—시금치—당근.

거기에 맛의 조화를 위해 삶아 으깬 호박 한 줄을 추가.

네 가지를 줄 맞춰 올리니 색동처럼 예뻤다. 그 위로 두부 층을 한 칸 더 올리고 찜통기에 넣었다. 빈자리에는 씨를 뺀 대추 몇 알이 함께 들어갔다. 면보를 덮고 타이머를 세팅했다. 10분이었다.

"자, 이제 식사 준비를 할까요? 손부터 씻어야지?"

민규가 수도꼭지를 돌려주었다. 아이들 손 씻는 소리가 뽀드득뽀드득 귀를 울렸다.

"짜잔!"

마침내 민규가 오늘의 편식 요리를 개봉했다. 한입 크기로 잘린 궁중두부는 시금치 허리띠를 매고 있었다. 흰 두부를 묶은 푸른 시금치는 품격을 더해주었다. 그 위에 돌려 깎아 쪄낸 대추의 속살이 고명으로 자리를 잡았다. 심플하면서도 깔끔한 세팅. 플레이팅은 너무 예쁘게 하지 말라고 했지만 기본 실력까지 어쩔 수는 없었다.

"……!"

세팅을 마친 이민규, 요리에서 눈을 떼지 못했다. 다리까지 후들거렸다. 정갈한 김이 모락거리는 두부는 시각부터 대만족이었다. 오동통하게 익어 나온 것이다. 후각은 이미 민규를 바닥부터 흔든 후였다. 구수함의 절정에 달한 냄새가 옥침을 폭발시킨 것. 촉각 역시 믿기지 않도록 좋았다. 질감이 숨 쉴 듯 생생하니 만지고 싶을 정도였다.

보기만 해도 담백해 보이는 궁중두부요리.

완성.

"우와!"

조리사와 원장의 감탄이 민규 정신을 세워놓았다. 흘러내리던 옥침을 몰래 닦고 원장과 조리사에게 먼저 시식을 시켜주었다. 바람을 잡는 것이다.

"어쩜! 채소 풋내가 하나도 없어."

"맛이 끝내주네요?"

두 사람은 연신 입맛을 다셨다. 그저 거들려는 생각이 아니었다. 먹는 모습이 너무 먹신 같아서 민규도 맛을 보았다.

'후아.'

풍후한 맛김이 절로 나왔다.

이거 내가 한 요리 맞아?

오죽하면 숨도 못 쉬는 민규. 항아와 시선이 마주쳤다. 항아의 눈길이 요리로 옮겨갔다.

'성공확률 99%?'

민규의 표정이 긍정으로 변했다. 두부 표면에는 찐 대추 속살이 달콤한 냄새를 풍기고 있었다. 그 달콤함을 참기름의 고소함이 함께 밀어 올렸다. 그러니 입에 넣고 우물거리기만 하면 될 일이었다.

"완전 특급 호텔 셰프님 요리네? 누가 먼저 먹어볼까?"

원장이 항아의 두부를 집어 들었다. 잔뜩 긴장하던 항아가 침을 넘기고 입을 벌렸다.

'오케이…….'

라고 생각하는 순간, 입이 방정이었을까? 항아가 요리를 뱉어 버렸다.

"……!"

"왜? 원장 선생님이 먹어보니까 너무 맛있던데 조금만 먹어봐."

원장이 채근하지만 항아는 입을 닫아버렸다.

"아유, 이 맛있는 걸… 그럼 우리 경재가 먼저 먹어볼까?"

원장이 작업의 방향을 바꾸었다. 항아가 뱉는 걸 본 경재는 입에 힘을 주고는 3단 선풍기처럼 고개를 흔들어댔다.

"아유, 얘들이 이렇다니까. 채소를 골고루 먹어야 몸이 튼튼해지는 거야. 요리사 선생님이 고생했으니까 한입이라도 먹어봐."

원장의 목소리가 높아지자 항아가 울먹거렸다. 그 볼을 타고 두툼한 눈물이 떨어졌다. 목젖까지 격하게 꿈틀거린다. 아이들의 눈물은 전염력이 강하다. 경재도 두 눈에 물기가 출렁거렸다.

게임 오버.

신빨이 내려앉은 듯한 요리조차 안 먹히다니. 민규의 기대감이 참혹하게 무너져 내렸다. 아이들 입맛, 하느님이나 와야 잡을 수 있는 모양이었다.

"이거……."

맥없이 서류를 내밀었다. 원장의 사인이 필요했다.

"기다리세요."

서류를 받아 든 원장이 주방을 나갔다. 조리사도 고개를 저으며 돌아섰다. 아이들은 눈치만 보며 꾹꾹거렸다. 그 모습이 안쓰러워 생수를 받았다. 참으면서 울면 목이 아프니 물이 필요할 때였다.

"마셔."

"……."

아이들은 받지 않았다. 요리를 먹지 않은 미안함 때문이었다.

"괜찮아. 선생님이 다음에 더 맛있게 해줄게."

아이들에게 물을 쥐여주고 밖으로 나왔다. 마음이 답답해 바람이 필요했다.

"선생님."

조리사가 위로의 커피를 들고 나왔다.

"너무 실망 마세요. 재들 국가대표급 편식쟁이들이에요. 항아는 언니가 먹방 스타로 유명한 연예인 홍설아라는데 어떻게 저렇게 다른지 모르겠어요."

홍설아.

유명하다. 개그우먼 출신이지만 먹방 콘셉트로 대박을 치고 있는 상한가 연예인이다. 대한민국에 요리 관련 3대 프로그램이 있었다.

—언리미티드 퀸.

—식복만복.

—김선달의 밥도둑.

이 중 김선달의 밥도둑은 아시아판 미슐랭을 표방하는 정통 요리 전문 채널. 그걸 제외한 두 채널에서는 간판으로 활약하는 그녀였다.

홍설아와 항아.

이미지에 닮은 점이 없었다. 방송에서 언니는 기본 3인분부터 시작한다. 먹신이 강림하면 10인분도 호로록 해치운다. 덩치 또한 두툼하기 그지없다. 하지만 항아는 가냘픈 코스모스 줄기 같았다.

"제 언니는 소 도가니를 줘도 씹어 먹던데 항아는 라면 스프에 든 야채 건더기도 하나하나 골라내고 음식에 들어간 깨알도 찾아서 건져내니…….”

조리사가 혀를 찼다.

스프의 야채 건더기와 깨알까지?

진심 강적이긴 했다.

“네…….”

가만히 대답했다. 아이들의 편식에는 이유가 많았다. 나물은 쓰고 거친 식감 때문에, 호박이나 무는 물렁해서, 김치는 시고 짠맛 때문에… 다 알고 온 것이니 위로가 되지 않았다.

10분쯤 지났을까? 안쪽에서 원장의 놀란 소리가 흘러나왔다.

“어머머머!”

민규가 안으로 들어갔다. 아직 마감된 게 아니니 문제가 생기면 곤란했다. 안쪽 풍경을 보게 된 민규, 그대로 얼어붙고 말았다.

“……!”

풍경… 조금 전과는 반전으로 전개되어 있었다. 두 아이가 두부요리를 우물거리며 먹다가 딱 멈춘 것이다. 그들 입에 든 건 분명 민규의 궁중두부요리였다.

“세상에나…….”

뒤따라온 조리사도 입을 막고 경기를 했다. 아이들은 입안에 든 걸 무리하게 넘기려다 사레까지 걸리고 말았다.

“캑캑!”

“물, 물 마셔.”

조리사가 바로 물컵을 내밀었다. 아이들은 고개를 저었다. 그 눈이 바라본 대상은 민규였다.

물 주세요.

조리사 선생님 물은 맛없어요.

네 눈동자가 침묵으로 합창을 했다.

민규가 생수를 받아다 주었다. 그 물을 먹고서야 사레를 멈추었다. 남은 두부요리는 다 비워졌다. 아이들은 손가락을 꼼지락거리며 쑥스러운 표정을 지었다.

"항아, 경재!"

민규가 두 아이를 불렀다.

"네."

"잘했어."

엄지를 세워주었다. 그제야 배시시 웃은 항아가 또 한 번 민규를 뒤집어놓았다.

"더 주세요."

항아의 두 손에는 빈 접시가 들려 있다.

"……!"

그 한마디에 민규는 아드레날린과 세로토닌의 소용돌이에 휩쓸렸다.

더 주세요!

요리사에게 그보다 더 행복한 말이 있을까?

"대체 어떻게 된 거야? 아까는 도리질만 하더니… 누가 먼저 먹었어?"

원장이 경재를 바라보았다.

"항아가요."

경재가 답했다.

"항아야. 넌 아까 다 뱉었잖아?"

"겁이 나서 뱉었는데 생각해 보니까 맛있었어요."

"……."

"항아가 물을 마시더니 하나를 집어 먹었어요. 맛있냐고 물었더니 맛있다길래 나도 먹었어요."

"……."

"폐가 이따시만큼 튼튼해진 거 같아요."

"저는 위가 튼튼해졌나 봐요. 전처럼 토하지도 않았어요."

두 아이의 목소리가 경쟁하듯 주방을 울렸다.

대만족.

원장의 평가표는 X표에서 O표로 바뀌었다.

"저기요."

가뜬하게 주방을 나서던 민규가 미더덕 앞에 멈췄다.

"왜요?"

조리사가 돌아보았다.

"미안하지만 이 미더덕하고 홍합 말이에요. 안 쓰는 게 좋을 거 같습니다."

"왜요? 문제가 있어요?"

"제 생각에는 그렇습니다."

"때깔도 괜찮고 신선도도 A급인데……."

"아무튼 그렇습니다. 오늘 도와주셔서 고맙습니다."

인사를 하고 주방을 나왔다. 왠지 마음에 걸리지만 유치원 주방에 감 놔라 대추 놔라 할 권한은 없었다. 민규는 오토바이의 머리를 두 번째 유치원을 향해 돌렸다.

"어머."

민규를 돌아보던 조리사가 소스라쳤다. 멀어지는 민규 몸에서 아른거리는 아우라 때문이었다.

"아유, 나도 뭘 잘못 먹었나? 눈에 헛것이 다 보이네."

눈을 비빈 조리사, 미더덕을 한 줌 쥐었다.

'안 쓰는 게 좋을 것 같다고?'

조리사가 통실한 것 하나를 골라 깨물었다.

'물만 좋구만.'

두어 개를 더 깨물었다. 입안에 퍼지는 알싸한 향이 좋았다. 점심시간이 가까웠으므로 조리사는 바빠졌다. 이제 마지막 남은 건 미더덕 조개 두부찌개였다. 손질이 끝난 미더덕과 조개를 투하하면 배식 준비 완료였다.

"배식 준비하세… 윽!"

보조에게 배식을 지시하던 조리사, 돌연 배를 잡고 움츠렸다. 짜릿한 복통이었다.

"양 선생님, 양 선생님!"

배식이 끝나고 아이들이 점심 식사를 시작할 때였다. 하얗게 질린 원장이 식당 안으로 들어섰다.

"왜요?"

조리사가 원장을 돌아보았다.

"미더덕이요? 오늘 들어온 미더덕, 그거 애들 요리에 썼어요?"

"미더덕요?"

"저 옆 화랑유치원하고 나비유치원 원장에게 전화가 왔는데 거기 지금 난리가 났대요. 급식 먹던 애들이 배를 잡고 뒹군다는데 아무래도 미더덕 때문인 거 같다는 거예요. 우리한테 식자재 가지고 오는 업자가 거기도 가잖아요?"

"안 그래도 원장님께 말씀드리려던 참인데……."

"넣었어요?"

"아뇨. 아까 그 요리사가 한 말이 마음에 걸리는 데다가 제가 몇 개 먹어봤더니 배가 싸르르 아파서 버렸어요."

"아이고, 잘했어요. 정말 잘했어요!"

원장은 폭풍 안도의 숨을 쉬었다.

띠뽀띠뽀!

도로 위에는 다른 유치원으로 폭주하는 구급차의 경적 소리가 이어지고 있었다.

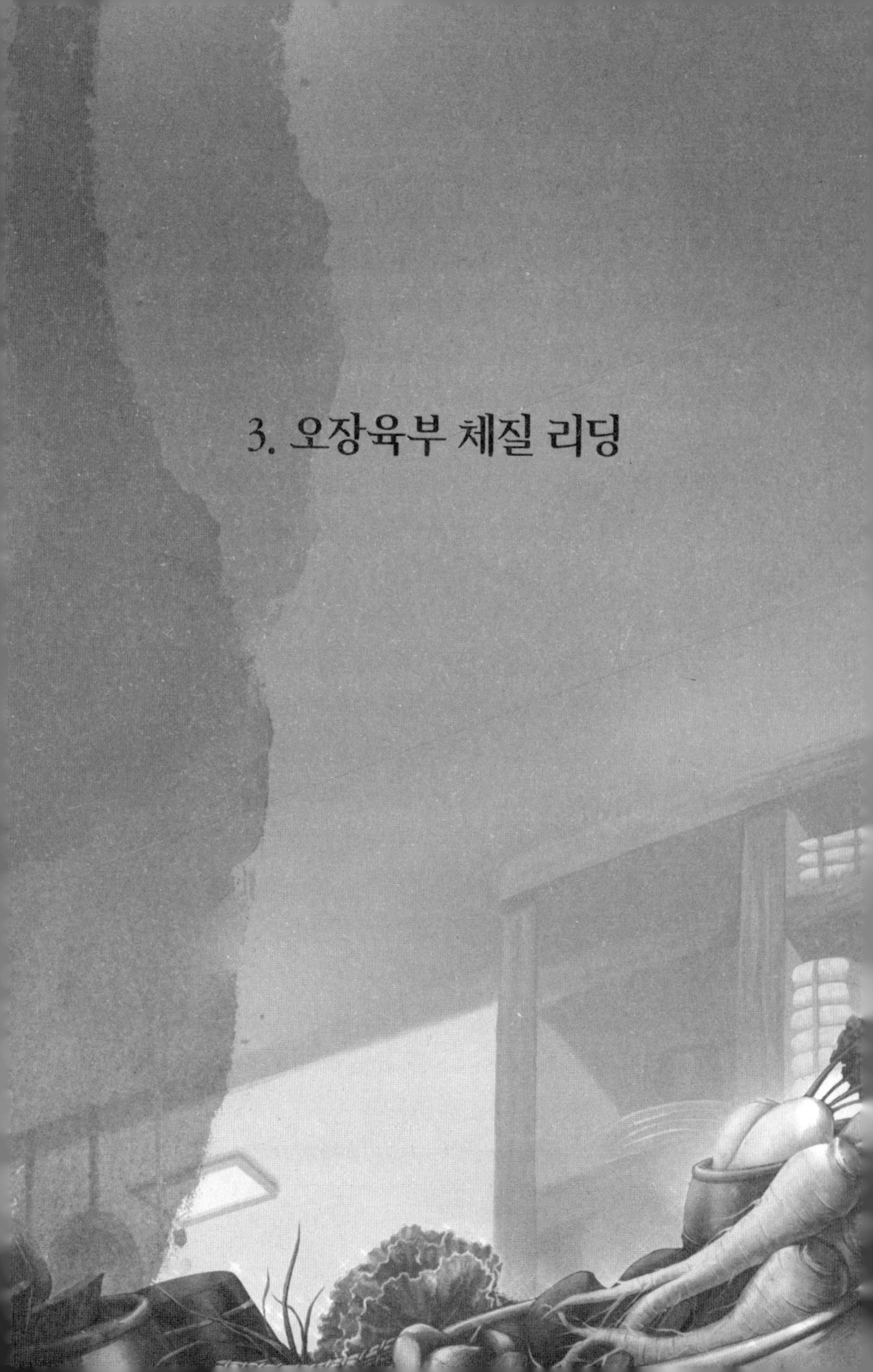

3. 오장육부 체질 리딩

꿀꺽!

박하유치원 앞에서 침을 넘겼다. 점심으로 컵라면까지 빠방하게 챙겨 먹으며 전의를 불태웠다.

조은지.

인형 같은 얼굴이 떠올랐다. 야무지고 자기 주장이 강했다. 많은 아이들을 겪었지만 은지는 판단 불허였다. 마치 100살 먹은 현자의 현신처럼 흔들림도 없다. 오죽하면 전문가에게 요리 심사를 받는 기분까지 들었던 민규였다.

첫 만남부터 기선 제압은 은지의 몫이었다. 요리 중에 전화가 울렸다. 나 사장이었다. 변경된 오후 출장 유치원을 알려주는 전화였다. 그걸 받고 재료를 집어 들었다. 득달같은 따짐신공이 작렬했다.

"위생 점수 빵점. 전화받고 왜 손 안 씻어요?"

오이를 썰던 민규, 뒤통수에 해머를 맞은 것 같았다. 속절없이 1패를 당하는 순간이었다. 그런데, 그 지적질은 분명 말이 되었다. 요리사의 손은 청결. 식재료가 아닌 걸 만지면 반드시 손을 씻어야 했다. 더구나 핸드폰은 세균의 온상이었다.

하지만!

오늘은 사정이 달랐다. 일단 첫 출발이 좋았다. 그 감은 편의점에서도 이어졌다. 컵라면이었다. 컵라면의 생명은 국물이다. 그 국물 맛이 기가 막혔다. 거의 맨날 사 먹는 대량생산 'ㅅ'라면 스프가 변했을까? 그게 아니라 생수였다. 뜨거운 물을 따를 때 손가락에 감지되는 느낌. 부위는 다르지만 아까 유치원에서 느낀 그 감각의 발현이었다.

물!

중요하다.

음식의 아버지 이윤 같은 사람은 물이야말로 요리의 제1요소라고 말한다. 격하게 공감한다. 좋은 물로 밥을 하면 맛이 다르다. 남과 다른 좋은 물을 쓸 수 있다면 요리 맛이 좋아질 것도 물론이었다.

미다스의 손이 떠올랐다.

손을 대면 황금으로 변한다.

그것처럼 손대면 원하는 대로 물맛이 변하는 마법의 손.

손에 물귀신, 수도귀신이라도 붙은 걸까?

꿀꺽!

침을 넘겼다.

아무렴 어때?

설령 이 손에 귀신이 붙었을지라도.

설령 손가락이 방사능에 오염된 거라도.

박하유치원에서 요리를 끝낼 때까지는 이어지기를 바랐다. 그럼 100만 원, 무려 100만 원의 추가 수입이 생기는 것이다.

파이팅.

빳빳하게 고개를 든 전의에 불을 당겼다.

조은지.

나와라.

한번 붙어보자.

다시 그 아이를 만났다. 오늘도 두 눈에 레이저포를 장착하고 등장했다. 조금이라도 수틀리면 쌍레이저포를 발사할 듯한 눈빛이었다.

"인사해야지."

원장이 은지에게 말했다. 바로 말대꾸가 작렬했다.

"우리 선생님 아니잖아요."

"그래도 너보다 나이 많이 먹은 어른이잖아?"

"우리 창하는 세 살인데 나한테 인사 안 해요."

"……."

조리 있다. 노련한 원장조차 어깨를 으쓱하게 만드는 아이였다.

재료를 준비해 준 조리사가 고개를 저으며 돌아섰다. 썰렁한 공간에 민규와 은지가 남았다.

까악까악!

맹렬한 어색함 때문인지 귓속에서 까마귀 소리가 들리는 것 같았다.

"물 줄까?"

민규가 먼저 말을 걸었다. 별빛유치원에서처럼 물맛이 행운의 시동이 되기를 바라면서.

"아뇨."

은지의 고개는 시계추처럼 좌우로 흔들렸다.

"오늘은 뭘로 요리를 해줄까?"

채소가 가득 든 바구니를 들어 은지 앞에 놓았다.

"저는 아저씨 요리 안 먹어요."

은지는 무시 버전으로 응수했다.

"왜?"

민규가 은지를 바라보았다.

"맛없으니까요."

보란 듯이 민규를 바라보며 대꾸하는 은지. 어찌나 당돌한지 현기증까지 일 정도였다.

"그럼 맛있으면 먹겠네?"

"……."

"대답해야지. 너 때문에 또 오신 건데."

원장이 거들고 나섰다.

"내가 오라고 한 거 아니거든요."

"은지야."

"어른들은 이상해요. 왜 싫다는데 자꾸 먹으라고 그래요? 그러다 은지가 체하면 책임질 거예요?"

"……."

야무진 응수에 민규와 원장의 말문이 한 번 더 막혀 버렸다. 민규의 시선은 은지의 강철 같은 눈동자와 입술에 꽂혀 있었다. 이 어린아이에게 매번 카운터를 얻어맞고 있다. 역대급 어이 상실이었다. 목이 탔다. 정수기에서 물을 받았다. 마시려는 순간, 이번에는 불이 난 듯 눈이 뜨거웠다.

"윽!"

민규가 눈을 잡고 주저앉았다. 눈에 일어난 핵폭발 때문이었다. 은지가 레이저를 쏜 걸까? 거기 정통으로 맞은 걸까? 손에 든 물을 눈에 부었다. 민규 몰래 손가락 세 마디가 반응했다.

치직!

물이 닿은 눈에서 발열반응이 일어났다. 손과 눈. 전생의 능력이 발현되는 과정이었다. 극한으로 뜨겁던 민규의 눈은 언제 그랬냐는 듯이 식어버렸다.

"선생님."

놀란 원장이 다가왔다.

"선생님!"

부축하는 원장 얼굴이 민규에게 가까워졌다.

"……!"

민규의 미간이 사정없이 찌그러졌다. 원장 얼굴에 어리는 괴이한 수막현상 때문이었다. 그 수막현상은…….

'혼빛?'

또 한 번 쓰러질 뻔했다. 영매가 된 것도 아닌데 사람 몸에서 이런 게 보이다니. 더구나 그 수막현상은…….

체질 유형—[수] 목 화 토 금 삼초.

담간장—탁월 우수 [양호] 보통 허약 병약 위독.

심소장—탁월 우수 양호 보통 [허약] 병약 위독.

비위장—탁월 [우수] 양호 보통 허약 병약 위독.

폐대장—탁월 우수 양호 [보통] 허약 병약 위독.

신방광—[탁월] 우수 양호 보통 허약 병약 위독.

포삼초—탁월 [우수] 양호 보통 허약 병약 위독.

미각 등급—S A B [C] D F.

섭취 취향—大食 [過食] 平食 小食 微食 缺食.

소화 능력—S A B C [D] F.

"……!"

민규가 다시 휘청거렸다. 수막 안에 어리는 글자가 보인 것이다. 그건 원장의 식성과 체질에 관한 총체적인 정보 분석창이었다.

뭐야?

"많이 안 좋아요? 119 불러요?"

원장이 물었다.

"아뇨. 원장님……."

고개를 흔들며 은지를 돌아보았다. 은지는 얄미울 정도로 어깨를 으쓱해 보였다. 이 아저씨 완전 이상해, 딱 그런 표정이었다.

"의자 가져다 드려요?"

이번에는 조리사였다.

'억!'

이제는 손으로 비명을 틀어막는 민규. 조리사에게도 그 이상한 수막이 아롱거리지 않은가?

체질 유형—金형.

담간장—허약.

심소장—양호.

비위장—양호.

폐대장—탁월.

신방광—양호.

포삼초—보통.

미각 등급 —A.

섭취 취향—小食.

소화 능력—C.

꿈뻑!

민규, 두 눈을 슴벅거리며 두 수막 창을 비교했다. 형태는 같지만 내용은 달랐다.

"선생님."

원장 목소리가 민규의 정신 줄을 흔들었다.

"원장님, 혹시 비위가 나쁜가요?"

민규도 모르게 물었다.

"어머!"

원장이 소스라쳤다. 족집게였던 모양이다.

"많이 드시지만 소화를 잘 못 시키는 편이죠?"

"어머머!"

"음식은 특별히 가리시지 않고……."

"그게 내 얼굴에 쓰여 있어요?"

"조리사 선생님은……."

원장의 대답을 건너뛰고 조리사에게 시선을 세팅했다.

"오행으로 치면 金형이군요? 폐와 대장은 좋은 편인데 간과 담이 좋지 않지요?"

"예?"

"맛있는 종류로 깔짝깔짝 드시는 편에 소화력은 썩 좋다고 볼 수 없는 편. 맞나요?"

"어머, 요리사 선생님이 관상도 봐요?"

민규의 신통방통함에 조리사의 입도 쩌억 벌어졌다.

'이게 말이 돼?'

황당한 표정으로 은지를 바라보았다. 일단은 말이 되었다. 은지 얼굴에도 이 이상한 수막 창이 보인 것이다.

'火형 체질, 튼튼한 장소장에 폐장과 대장이 약한 스타일, 미각 등급은 A급에 섭식 취향은 小食, 소화 능력은 양호.'

수막에 서린 정보가 민규 눈을 박차고 들어왔다. 이 유치원에서만 삼세판. 세 번이나 반복되는 일이니 의심할 여지도 없었다.

'그럼?'

생각의 꼬리를 물고 들어갔다.

아까 똥토바이 사고 시점이었다. 그때 만난 두 개의 형상… 그 신이하고 기묘한 형상들… 헛것으로 생각하고 내려놓았던 기억을 좌라락 끌어당겼다.

[우리는 운명의 굴레 총괄 메신저다.]

[팔자가 바뀌길 원하지?]

[다시 깨어나는 순간, 너는 다른 사람이 되어 있을 거다.]

그들이 전한 아련한 메시지…….

그리고 이어지는 기기묘묘한 감각 체험…….

[특전, 제1생의 업적으로부터 33+1의 초자연 신비수의 제조 손가락 권능을 부여합니다.]

[특전, 제2생의 업적으로부터 식재료의 선별 권능을 부여합니다.]

[특전, 제3생으로부터 여섯 체질 구분의 리딩 권능을 부여합니다.]

[보너스—수정여의주 3개에 대한 보너스로 전생의 약선요리 관련 경험을 추가합니다.]

[해당 전생으로부터 능력 입력 완료]

[시스템 작업 완료.]

시스템 작업 완료.

그 말을 끝으로 뇌 깊은 곳의 울림이 멈췄다.

아아.

헛것이 아닌 모양이었다. 헛것이 아니라는 건 지금까지도 증명이 되고 있었다.

손을 보았다. 어제와 달랐다. 어쩐지 신성함이 탱탱 만땅이다. 재료를 보았다. 당근을 집어 드니 속이 보였다. 속살 깊은 곳에 박힌 옹이가 보이는 것이다. 오이도 그랬다. 꼬리 부분의 쓴맛이었다. 깨물어보니 진짜로 썼다. 요리에 대한 두려움도 없었다. 마치 하루아침에 요리의 거성이 된 느낌이었다.

요리.

두려움은 하나였다. 손님의 입맛을 어떻게 맞출 것인가? 그런데 손님의 정보는 이미 민규 손에 있었다.

그 정보는 원초적이었다. 단순한 입맛이 아니라 원천 건강을 통째로 반영한 초정밀 분석이 아닌가? 거기에 더한 요리사로서의 자신감…….

제1생에서 온 초자연 신비수 제조의 손가락 권능.

'그래서 물맛이 내가 원하는 대로?'

제2생에서 온 식재료 선별의 투시안 권능.

'그래서 오감으로 식재료의 본질을 꿰뚫고…….'

제3생에서 온 여섯 체질의 리딩 권능…….

그건 지금 민규 눈앞에 있었다.

보너스는 전생의 약선요리 관련 경험과 수련 지식 공유.

'그래서 약선과 식치에 관련된 요리와 한의학 지식, 대령숙수의 내공이 술술?'

푸헐!

그렇다면 막강 파워였다. 민규가 꿈꾸던 궁극이 아닌가? 이게 현실이라면, 그런 능력이 민규의 것이 된 거라면 식치법의 거두 전순의나 앙투안 카렘, 앙드레 픽과의 맞짱도 가능할 일이었다. 이런 수준으로 손님 입맛을 맞추지 못한다면 요리복을 벗는 게 마땅하니까.

"은지야."

민규가 은지를 바라보았다. 자신감 102% 충전의 강철 눈빛이었다.

"왜요?"

"맛있으면 먹는다고 그랬지?"

끄덕!

은지는 한 번의 끄덕거림으로 대답을 대신했다.

"맛있게 해줄게. 딱 한입만 먹어보고 마음에 안 들면 안 먹어도 좋아. 콜?"

끄덕!

은지가 콜을 받았다.

재료를 집었다. 은지가 혐오 식품으로 대하던 근대, 쑥갓, 산나물에 미나리까지. 보너스로 집어 든 건 은행 알이었다.

"……!"

원장 눈이 휘둥그레졌다. 조리사도 그랬다. 민규는 자살행위를 하고 있었다. 하지만 그들은 모르고 있었다. 재료를 손질하는 민규의 표정. 엊그제와는 사뭇 달랐다. 허둥대는 게 아니라 자신감의 화신이 이글거리는 것이다.

자학!

자포자기!

민규를 보는 원장 마음은 그랬다. 조리사도 그랬다. 민규의 요리 주제 때문이었다.

—단호박 채소찜.

재료만 봐도 알았다. 여러 채소를 다져 단호박 안에 넣고 찌는 찜. 아이들이 싫어하는 재료의 흔적을 지우고 여러 맛을 버무릴 수 있으니 나쁘지 않은 선택이었다.

문제는 그게 이미 실패한 메뉴였다는 것. 첫날 은지가 구토를 해버린 그 메뉴였다.

이틀 동안 천지개벽할 비법이라도 알아낸 건가? 그런 기대감도 있지만 그것도 아니었다. 재료는 똑같았다. 은지가 좋아하는 돼지고기 약간에 은지가 싫어하는 채소 모듬.

조리 과정도 닮았다. 다른 게 있다면 채소를 물에 담그고 양념한 돼지고기를 불에 그을린 것뿐이었다. 채소들 중에는 은지가 몸서리를 치는 쑥갓과 근대 등도 있었다.

미쳤군.

그 소리가 저절로 나왔다.

하지만 민규 입장은 완전 달랐다. 우선 채소의 준비 과정부터 그랬다.

쑥갓과 근대는 잎채소. 물을 약하게 틀어놓고 씻었다. 습관적으로 강하게 틀자 채소들의 공포가 전해왔다.

맙소사!

물을 약하게 틀자 비명이 사라졌다.

채소를 써는 것도 그랬다. 칼을 들이대니 두 채소가 자지러졌다.

또 맙소사였다.

채소는 손으로 끊어내고 잘랐다. 전에 없던 일. 이 또한 전생으로부터 오는 내공이었다.

마지막 대반전은 불이었다. 내침김에 채소까지 불에 살짝 구워버린 것이다.

채소에 불 맛?

진짜 미쳤어.

조리사 입가에 냉소가 스쳐 갔다. 채소를 구워 먹지 말라는 법은 없지만 까다로운 아이들 입맛과는 거리가 멀었다. 맛에 예민한 아이들이 화기(火氣)를 좋아할 것인가?

두부가 다져졌다. 계단 노른자 두 개가 투하되었다. 은행에 더해 옥수수 알까지 넣으려는 건지 살짝 데친 후에 슬라이스로 썰어냈다.

다다닥!

칼질만은 귀신에 버금가는 솜씨였다.

잘 버무려진 소를 준비된 단호박 안으로 투하했다. 뚜껑을 덮은 단호박이 찜통으로 들어갔다. 은지는 아랫입술을 삐죽거리며 코웃음의 극치를 달리고 있었다.

안 먹어.

맛없어서 안 먹어.

표정에서 소리 없는 야유가 아우성을 쳤다. 원장과 조리사의 표정도 한 세트였다. 더 볼 것 없네. 어른들의 표정은 조금 더 노골적이었다.

"조리사 선생님."

찜통 타이머를 세팅하기 전에 조리사를 불렀다.

"왜요?"

"새우젓 있으면 좀 부탁해도 될까요?"

"새우젓도 넣으려고요?"

"아, 치즈도 있으면 좋고요."

"선생님……."

조리사의 목소리는 어이 상실 직전이었다.

"네?"

"후우, 제 생각인데 아무거나 막 넣는다고 해서 은지가……."

"부탁합니다."

민규가 조리사의 입을 막았다.

15분.

첫 찜이 세팅되었다. 원래는 30분 정도 쪄야 하는 궁중호박찜. 기다리는 민지를 위해 단호박의 두께를 줄임으로써 찜 시간을 당긴 것이다.

찜통을 열자 김과 함께 요리의 풍미가 배어나왔다.

'후아.'

다시 자기 요리에 취하는 민규. 달콤함과 고소함의 극치가 거기 있었다.

거기에 담백함과 싱그러움까지 뒤따랐다. 마지막 향은 바비큐 특유의 그을린 냄새와 씁쌀함이었다. 빈 찜통에 또 다른 호박찜을 넣고 나서 완성된 호박찜의 배를 갈랐다.

"……!"

원장의 시선이 요리에 박혀왔다. 그녀가 보기엔 자포자기의 요리. 될대로 되라는 식으로 온갖 채소를 다 때려 넣은 것치고는 식감이 기가 막혔다.

흰 두부 소에 박힌 돼지고기와 채소의 물결. 그 사이사이에서 우아한 포인트가 되고 있는 노란 옥수수와 연두빛 은행 슬라이스… 그저 가지런히 놓은 것에 불과한데도 품격 높은 궁중요리가 나온 것이다.

"맛없으면 안 먹기로 약속했으니까 딱 한입만?"

민규가 은지에게 한 조각을 내밀었다.

약속.

그 단어가 은지의 입을 벌려주었다. 고집스러운 은지였지만 자기가 한 약속은 잊지 않았다. 아이는 건성으로 음식을 받아 물었다.

운명.

동그라미냐 가위표냐?

백만 원을 받느냐 개짜증 폭탄을 맞느냐.

갈림길에 선 민규는 의외로 담담했다. 그것은 곧 요리에 대한 확신이었다.

"에엑!"

순간, 요리를 물고 있던 은지가 헛구역질을 했다. 원장과 조리사의 신경이 곤두섰지만, 다행히 요리를 토한 건 아니었다.

"그냥 두세요."

민규가 말했다. 은지는 입을 벌린 채로 잠시 민규를 쏘아보았다. 신경전이다.

그때 벌린 입 사이로 옥침이 주륵 흘러내렸다. 그게 신호였다. 은지의 볼이 움직이기 시작했다. 입은 조금씩, 아주 조금씩 움직였다.

오미(五味).

산고감신함의 다섯 가지 맛이다. 그 오미의 정수는 담미다. 우수한 오미는 모두 담미를 가지고 있다. 쓰든, 시든, 맵든, 짜든 마지막에는 은근한 단맛이 돌아야 한다. 잘 묵은 장들이 그렇고 잘 구워진 죽염이 그렇다. 지금 은지는 그 오미를 만나고 있었다.

맛!

대체 어떤 경로를 통해 느껴지는 걸까? 맛은 왜 사람에 따라 기준이 다른 걸까? 그건 체질 때문이었다. 목—화—토—금—수—삼초. 지문이 다르듯 체질도 각양각색이다. 단맛에 민감한 사람이 있고 신맛에 민감한 사람이 있다.

민지의 체질은 火형. 심장, 소장이 중심이 되는 체질이니 오행상 화에 속하는 달인 냄새와 불 맛에 끌리는 타입이었다. 민규의 머리에는 그 생각이 출렁거렸다. 어쩐지 오래전부터 그런 이론과 요리에 통달한 사람처럼.

꿀꺽!

첫 숟가락이 은지 목으로 넘어갔다. 맛있냐고는 묻지 않았다. 대가는 재촉하지 않는다. 손님의 반응을 기다릴 뿐. 그 또한 오래전부터 해온 습성처럼 민규의 몸을 이끌고 있었다.

"어때?"

질문은 원장이 대신했다. 그녀가 더 궁금한 모양이었다.

"맛……."

한마디와 함께 은지의 고개가 밑으로 떨어졌다.

"…있어요."

은지도 자존심은 있다. 그렇기에 뒷말은 들릴 듯 말 듯 작았다. 그래도 아이인 게 다행이었다. 닳고 닳은 기성세대라면 다르게 표현할 수도 있었다.

"오케이, 그럼 본격적으로 먹어볼까?"

민규 목소리가 높아졌다.

"네."

은지가 고개를 들었다. 표정은 그새 밝아져 있었다. 이 또한 아이이기 때문이었다. 좋고 싫고가 분명한 게 아이들이었다.

먹기 좋게 삼각으로 썰어냈다. 노란 단호박에 보슬보슬 촉촉이 익어 나온 하얀 두부소. 그 사이사이에 박힌 고개와 채소, 옥수수 알과 은행의 슬라이스 색소가 기가 막히게 어울렸다. 은지가 하나를 집어 들었다.

우물.

그대로 한입 물더니 목으로 넘겼다.

꼴깍.

배시시 터지는 웃음은 음식이 넘어간 후에 나왔다. 은지는 그 자리에서 두 조각을 먹어치웠다.

"세상에나."

원장과 조리사는 벌어진 입을 다물지 못했다. 이틀 사이에 무은 일이 일어난 걸까? 궁금한 원장도 한 조각을 물었다.

"……?"

원장이 고개를 갸웃거렸다. 나쁘지 않지만 땡기는 맛은 아니었다. 그런데 은지는…….

"더 주세요."

일 차로 썰어낸 조각을 다 해치우고 접시를 내밀고 있었다. 빈 접시처럼 은지의 편식 습관도 비어지고 있었다.

"원장님은 이걸 드셔보시죠."

민규가 다른 호박찜을 내놓았다. 새우젓의 짠 내와 치즈의 쿰쿰한 냄새가 어우러진 찜이었다. 원장은 긴가민가하며 한입을 물었다. 첫 표정은 그리 아름답지 않았다.

하지만!

"응?"

목 넘김을 끝내더니 표정이 달라졌다. 그녀는 또 다른 조각을 입에 물었다. 그렇게 네 조각을 뚝딱 해치운 원장이었다.

"첫맛은 별로인데 뒷맛이 사람 녹이네? 내 속에 딱 맞아요."

원장이 홀린 듯 말했다. 그걸 맛본 조리사는 '그닥'스러운 표정을 지었다.

"약선이라는 건 사람마다 다르거든요. 개개인의 상태에 맞춰야 진정한 약선이지요."

민규가 웃었다. 어느새 대가의 향이 엿보이는 달관의 표정이었다.

"조리사 선생님 건 따로 준비하겠습니다. 타이머 꺼지면 드셔보세요. 그걸 먹어야 입맛에 맞을 겁니다."

보너스를 남겨주고 요리를 마감했다.

"아유, 이런 분이 첫날은 왜 그러셨대? 솔직히 그때 같아서는 다시 오지 말라고 하고 싶을 정도였어요."

원장이 친근감을 드러냈다.

"평가받아 가야 되죠? 오늘은 무조건 합격이에요, 합격!"

동그라미도 기꺼이 나왔다.

"요리사 선생님, 안녕히 가세요!"

은지가 입구까지 따라 나와 배꼽 인사를 했다. 각을 세우던 첫날과는 달리 귀염이 폭발하는 얼굴이었다.

"내 요리 또 먹고 싶으면 연락해. 알았지?"

양 볼을 쓰다듬고 돌아섰다.

'오, 예.'

죽인다.

주먹이 절로 쥐어졌다.

꿈은 아니지?

걷는 걸음마다 뿌듯함이 묻어났다.

"패싱?"

조 셰프에게 새 메뉴를 요청하던 사장이 득달처럼 고개를 들었다.

"예."

민규가 선 채로 대답했다.

"좋았어. 역시 우리 회사 프랜차이즈감이라니까."

사장이 일어나 민규의 양어깨를 짚었다. 그 옆의 조 셰프는 엄지를 세워 보였다.

'이 인간 체질 창도 보이려나?'

민규가 사장 얼굴을 향해 시선을 가다듬었다. 그러자…….

'오 마이 갓.'

민규가 휘청 흔들렸다. 사장도 예외는 아니었다. 이 인간은 비장, 위장을 타고난 土형에 속했다.

토형.

그 체질에 개별 꼬리표가 붙기 시작했다. 무릎이 부실하고 두통을 달고 산다. 복부비만이 많다. 개기름이 좔좔 흐르기도 한다. 입 냄새 아이템도 가지고 있다. 그러고 보니 틀리지 않았다. 사장의 배는 개복치처럼 볼록했고 콧등에는 늘 쩐 기름이 번들거렸다.

'맙소사!'

수막은 단순히 먹성 정보에만 치우치지 않았다. 한의학적 관점도 실려 있는 것이다.

"수고했어. 아, 다들 우리 이 셰프처럼만 일해주면 내가 국가 백년대계를 위해 뭔가 좀 하겠는데 말이야."

사장의 허풍이 춤을 추기 시작했다.

"보너스 주셔야죠."

민규가 그 허풍을 세웠다. 이 인간의 특징 중의 하나가 얼렁뚱땅이니 시간이 지나면 공소시효 말소되었다고 우길지도 몰랐다.

"보너스?"

바로 시치미 떼고 나오는 사장.

"성공하면 100만 원 주신다고 하시지 않았습니까?"

"내가?"

"예."

"아, 그랬나? 요즘 사업 확장 때문에 정신이 없어서 말이야. 약속했으면 줘야지."

사장이 지갑을 열었다. 거기서 꺼낸 돈은 10만 원이었다.

"100만 원이었는데요?"

민규가 액수를 주지시켰다.

"아, 그거야 조크로 한번 해본 거지. 이 셰프 출장비 안 받아? 이거면 됐어."

사장이 10만 원을 욱여넣어 주었다. 민규는 잡지 않았다. 돈은 그대로 바닥에 떨어졌다.

"안 받아?"

"100만 원 약속했잖습니까? 저 목숨 걸고 요리했습니다. 가는 길에 트럭에 받쳐 하늘에 떴다가 추락했지만 약속 지키려고 아픈 몸 끌고 가서 요리했거든요."

"알았어. 알았다고. 그럼 20만 원, 그럼 됐지?"

"100만 원입니다. 다른 셰프님들도 그렇게 알고 있습니다."

민규는 물러서지 않았다. 사장을 생각해 줄 여유는 없었다. 그럴 정도로 좋은 사람도 아니었다. 황당해진 사장이 조 셰프를 돌아보았다.

"큼큼."

조 셰프는 헛기침으로 민규를 지원했다. 그 역시 그런 제의를 받은 사람의 하나였다. 게다가 바른말 잘하는 타입이라 사장을 위한 변호를 할 리는 없었다.

“아, 진짜… 출장은 거저 나가나? 알았어. 알았다고.”

짜증을 작렬한 사장이 사장실로 걸었다. 조 셰프는 한 번 더 엄지를 세워주었다. 민규의 기대대로 그는 민규 편이었다.

“자!”

사장이 100만 원 봉투를 던져주었다. 보란 듯이 챙겨 들고 사무실을 나왔다.

바릉!

똥토바이 속도를 높였다. 신호도 걸리지 않았다. 살다 보니 이런 날도 오는 걸까? 마지막 신호에 걸리면서 나란히 선 택시의 기사를 돌아보았다. 그 얼굴에도 체질의 수막은 떠 있었다. 이제는 읽으려 애쓸 필요도 없었다. 보기만 하면 척 파악이 되는 것이다.

운명 시스템인지 뭔지의 혜택.

부작용은 없는 걸까? 시선으로 온몸을 더듬어보지만 딱히 문제는 없었다. 눈코입은 제자리, 게다가 주머니에는 100만 원까지 들었다. 종규를 위한 약식 재료와 방세까지 해결이 가능해진 것이다.

“종규야!”

옥탑방 계단을 한달음에 뛰어올랐다.

“형.”

책상에서 어린이 요리를 검색하던 종규가 고개를 돌렸다.

“패싱?”

종규가 먼저 물었다. 민규의 얼굴에 써진 탓이었다.

"그래. 성공 먹었다. 상금으로 100만 원도 받았어!"

"와, 대박!"

"얌마, 너는 힘든데 누워 있지 왜 노가다야? 형 일은 형이 알아서 해."

기분이 좋아 종규 어깨를 흔들었다. 아픈 몸으로도 늘 민규에게 도움이 되려고 애쓰는 기특한 동생이었다.

"그런데 옷은 왜 그래?"

종규가 물었다. 하늘에 점프했다가 떨어진 잔해 때문이었다. 옷에 묻은 흙. 그걸 모르고 있었다.

"이거? 행운의 표식이다. 나 아까 하늘까지 올라갔다 왔어."

"농담 오지네."

"농담 아니야. 갔더니 엄마 아빠가 내려가라더라. 그러고 났더니 머리가 요리의 달인처럼 도는 거 있지. 어디 보자. 우리 싸랑하는 동생……."

민규가 시선을 종규에게 맞췄다. 체질을 보여주는 수막은 거기에도 있었다.

체질 유형—金형.

담간장—양호.

심소장—보통.

비위장—허약.

폐대장—병약.

신방광—허약.

삼초—보통.

미각 등급—A.

섭취 취향—小食.

소화 능력—D.

"……!"

수막을 리딩한 민규, 숨이 터억 막혀왔다.

4. 기적은 현실이었다

체질이야 그렇다고 쳐도 건강은 최악이었다. 병원의 진단을 통해 이미 알고 있던 상황. 그러나 직접 진단하는 기분은 아주 달랐다.

"왜 그래?"

종규가 물었다.

"아니. 아, 밖에 바람이 많이 불어서 눈에 티가……."

"무슨 바람? 아까 나가보니까 바람 한 점 없던데……."

"짜샤, 오토바이 타면 다 바람이야."

눈을 만지며 밖으로 나왔다. 문을 닫고 벽에 기대 서러움을 삼켰다. 오랜 병구완으로 가끔은 짜증도 났던 민규였다.

아프면 다야?

나도 힘들다고.

그러나 이렇게 상태를 확인하니 미안함이 목을 차고 올라왔다. 결정적인 건 그동안 해준 약선요리였다. 아직 남은 약선만두를 보니 한숨이 나왔다. 그건 모양만 약선이었다. 종규와 별로 맞지 않는 요리법이었다. 그런 걸 해먹이면서 잘 안 먹는다고 윽박질러 댔으니…….

'미친놈.'

자책으로 미안함을 달랬다. 그런 다음 일부러 문을 박차고 들어갔다.

"야, 이종규."

"왜?"

"그동안 미안했다."

"뭐가 또?"

"약선요리 말이다. 이거 다 헛발질이었어."

민규, 식탁 위에 남은 약선만두를 전부 쓰레기통에 쏟아버렸다.

"왜 그래? 다 안 먹어서 화났어?"

"아니, 진짜 구라였다니까. 이 형이 이제부터 진짜 약선요리가 뭔지 보여준다."

"형……."

"형 믿어라. 니 병 내가 고친다고. 알았지?"

"아, 좀… 화난 거 아니면 그만하고 쉬기나 해."

"그럴 수 없지. 나 경동시장 좀 다녀올게."

"거긴 왜? 약재 사온 지 며칠 안 됐잖아?"

"그게 다 구라거든."

민규가 남은 도라지와 약선 재료들을 집어 들었다. 살 때는 최상급 자연산으로 값을 치른 재료들. 지금 보니 아니었다. 수년째 단골이건만 민규를 속여먹은 것이다.

'개자식. 등쳐먹을 사람이 따로 있지.'

황궁한방약업사.

이름을 겨누며 문을 나섰다. 일단 첫 목적지는 주인아줌마였다.

"방세요."

민규가 50만 원을 내밀었다. 밀린 방세 두 달치였다.

"어머. 벌써 구했어?"

"늦어서 죄송해요."

"아니야. 나도 아침에 그렇게 닦아세우고 미안했는데……."

아줌마가 얼굴을 붉혔다.

"상아는 어디 갔어요?"

"자고 있는데 왜?"

"잠깐 봐도 될까요? 오늘 새로운 비법 요리를 배웠는데 괜찮은 거 같아서 동생 재료 사는 김에 특식 한번 만들어주게요."

"아유, 총각이 무슨 돈이 있어. 애도 잘 안 먹고……."

"이번엔 달라요. 유치원에서 실험도 하고 왔거든요."

"그렇다면 뭐……."

아줌마가 길을 비켜주었다. 상아는 자기 방에서 자고 있었다. 상아에게도 체질 수막은 있었다. 상아는 水형이었다. 심장과 소장이 약했다.

'역시…….'

한숨이 나왔다. 종규를 위한 약선요리를 하는 김에 두어 번 해 먹였던 약선요리. 상아가 안 먹는 이유가 있었다. 종규의 경우와 같았다. 상아의 오장육부 체질을 고려하지 않은 채 그저 심장에 좋다는 음식을 지지고 볶았던 것이다.

'선무당이 사람 잡는다더니.'

그 말이 딱이었다.

"어, 이 셰프 왔어?"

1호선 제기역에서 가까운 황궁한방약업사. 황창동 사장이 거드름을 피우며 민규를 맞았다. 약전 거리에서 물산이나 상회, 약업사 등이 들어간 상점은 단순 약재 판매상이고, 한약방 한약국 명칭을 쓰는 곳들은 조제권이 있다. 이름의 차이는 그것이었다.

"이번에는 일찍 왔네? 효험 좀 봤어?"

"약재 있어요?"

표정을 감춘 채 민규가 물었다.

"있지. 엊그제 들어온 전라도 무인도산 더덕과 도라지, 오미자와 행인에 뽕나무 뿌리껍질이 죄다 최상급이야. 그렇잖아도 이 셰프가 생각나던 참인데……."

"좀 보여주시겠어요?"

"그러지. 따라와."

황 사장이 구석 자루를 열었다. 약재 향이 알싸하게 풍겨 나왔다.

"바로 이놈들이야. 보기 드문 대물이지. 이거 먹으면 폐암도 직방이라지 아마?"

"이게 최상급이라고요?"

"그래. 최상급!"

너스레를 흘려들으며 사진을 찍었다. 빠짐없이 찍었다.

"사진은 왜?"

"좋은 재료 챙겨주시니 고마워서 블로그 포스팅해 드리려고요."

"에이, 뭐 그럴 필요까지야."

황 사장이 멋쩍어하는 사이에 오미자를 한 줌 집었다.

"C8!"

욕이 절로 나왔다. 검붉은색을 띤 걸 보니 해묵은 것이었다.

"X팔?"

황 사장이 고개를 들었다. 그사이에 도라지 맛도 보았다. 자연산은 맞는 것 같지만 그 또한 상급은 아니었다. 인삼도 뽕나무 뿌리껍질도 죄다 그랬다. 특히 인삼은 속이 검고 깔끔하지 않았다. 전기로 건조했다는 증거였다.

"이게 최상급이라고요?"

"그래. 갑자기 왜 그래? 나 못 믿어? 나랑 하루 이틀 거래했어?"

황 사장 목소리가 괜히 높아졌다.

"하루 이틀 아니죠. 그래서 더 화가 나는 겁니다. 이거 죄다 중하급품이잖아요?"

"무슨 소리야? 어떤 후레자식이 그래? 우리 제품은 죄다 전국 최상급만 취급……."

"경찰서 가시죠."

민규가 약재를 거칠게 집어 들었다.

"뭐? 경찰서?"

"가서 얘기하자고요. 어차피 여기서 말해봤자 사장님이랑 저랑 싸움밖에 안 날 거 아닙니까?"

"이, 이 셰프……."

"이 셰프고 뭐고 사람이 어떻게 그럽니까? 내가 난치병 걸린 동생 먹일 거라고 안 그랬습니까? 꼬맹이들에게 간 빼주며 일해서 번 돈이라고 안 그랬습니까? 그래서 가격 불문하고 살 테니 최고로 좋은 걸로 달라고 했는데 사람을 이렇게 속여요?"

민규가 폭주했다.

"속, 속이다니? 이 셰프가 뭔가 오해가 있는 모양인데?"

"그리고, 뭐 모르면 모른다고 말을 해야지. 사장님이 웬만한 한약사보다 한수 위라고요? 그런 사람이 난치병 폐 질환에 디립다 폐에 좋은 것만 먹이라고 해요? 폐만 보양하다가 간담, 심소장까지 망쳤지 않습니까? 금생수만 생각하고 금극목과 목극토는 생각 안 합니까? 음양오행이 어느 하나만 조진다고 되는 일이냐고요?"

"……?"

"상생과 상극도 모르면서 무슨 약재상입니까? 심장은 비장에서 기를 받아 폐에 전하는 겁니다. 간은 그 기를 심장에서 받아 비장에게 전하고요. 폐는 그 기를 신장에서 받아 간에 전하니 오장의 상생상극은 한약의 기본 아닙니까? 오장은 상극 관계에 있는 장부를 함께 병들게 합니다. 그러니 증상이 나쁜 장부를 기준으로 앞뒤로 줄 서 있는 맛을 함께 보충해야 상생상극으로 제대로 된 효과를 보는 것 아닙니까? 녹용이 좋다고 주야장창 먹어대면 신장, 방광은 좋아지겠죠. 하지만 그 수마(水魔)가 넘치면 심장의 불을 꺼버립니다. 영지가 심장에 좋다고 무차별 먹어대면 폐와 대장이 골로 가는 거 모르시냐고요? 그래서 병원에서도 항생제 같은 거 처방할 때 위장약 같이 주잖아요? 한두 번 온 사람도 아닌데 어떻게 이런 식으로 장사를 해요?"

"이 셰프……."

"보세요. 이게 최상품인지? 형태로 봐도 자연의 정기와 상관없는 인위적으로 쭉 뻗은 모양새에 색깔 역시 지기가 헐렁하며 향이 비실하니 약성이 좋을 리 없고 수령은 2년에 산지는 도심이 가까운 도로변 밭, 약성 머금은 부위는 겨우 중심부에 찔끔, 관리도 개판으로 했으니 기껏해야 하상품밖에 더 됩니까? 나 영수증 아직 있으니까 경찰서 가서 얘기하자고요."

민규가 도라지를 흔들었다.

"이 셰프……."

황 사장은 사색이 되었다. 민규가 풀어놓는 썰이 기막히게 적중되고 있었던 것이다.

"닥쳐요. 내 동생, 사장님 덕분에 낫기는커녕 죽는 날 당겨놓았잖아요?"

"미, 미안하네. 나도 먹고살려다 보니……."

기가 죽은 황 사장 목소리가 확 내려갔다.

"뭐라고요?"

"이건 내가 물어주고 이제부터는 진짜 최상급만으로 챙겨주겠네."

"그걸 믿으란 말입니까?"

"이거… 이거 가져가시게. 이건 진짜 최상급이야."

당황한 황 사장이 다른 약재를 내놓았다. 물건은 조악하고 거칠었다. 하지만 첫눈에 야생 약성의 느낌이 왔다. 더덕의 뿌리 한 쪽과 도라지 뿌리를 찢었다. 입에 넣으니 화한 약성이 묵직하게 퍼져 나갔다.

"이건 진짜야. 하늘에 맹세컨대 이제부터는 진짜 최상급만 주겠네. 오늘 건 공짜로 가져가고."

"사장님."

"아까 뭐라고 했나? 금극목과 목금토? 하여간 거기 필요한 약재도 말만 하시게. 오늘은 다 거저 드릴 테니."

황 사장은 바짝 쫄아 있었다. 알고 보니 순수한 구석도 있는 사람. 이 바닥에 제법 발이 넓은 사람이니 딜로 마감하기로 했다.

"죽력 있어요?"

죽력.

죽력은 대나무 진액을 가리킨다. 혈관 청소에 그만이다. 고지혈과 동맥경화는 물론이고 뇌혈관까지 클리어하는 성분을 가졌다. 동생의 병은 폐질환 중에서도 동맥질환이기에 진짜 죽력이 필요했다. 이 또한 자연스럽게 떠오른 생각이었다.

"있지."

"제일 좋은 걸로 줘보세요. 보고 결정하죠."

"아, 알았어."

"목이버섯과 백선피, 구기자와 계피도 조금씩 주시고요."

"알았네."

황 사장은 연신 창고를 들락거렸다. 그제야 알았다. 좋은 물건은 죄다 창고 안에 있었다. 그건 물건을 제대로 볼 줄 아는 빠꼼이들이나 돈 많은 거래처 몫이었다.

구기자부터 최상품이었다. 색은 선명하고 알은 굵으며 단단했다. 목이버섯 역시 제대로 검었다. 가만히 살펴보니 속도 균등했다. 한 쪽을 떼어 물었다. 뽕나무 버섯은 아니지만 버드나무 버섯. 방금 전에 자신도 모르게 읊어댄 8가지 분석법에 적용하니 S는 몰라도 A급은 되었다.

"이거면 되겠어?"

주문을 맞춘 황 사장이 물었다. 민규가 약재로 눈을 돌렸다. 수많은 약재들 중에서 과루와 나복자가 눈에 꽂혀왔다. 과루는 박과에 속한 다년생 과실의 종자다. 나복자 또한 무의 씨. 약으로 쓰지만 특별할 것도 없는 것들이었다.

'과루… 기침에 좋고 소화를 돕는… 나복자, 기를 통하게 하고 폐를 도우며 식욕을 올리는… 그러면서도 치우침 없는 성질의 약재…….'

민규가 나복자를 한 줌 집었다. 그중에서 돌기와 그물 무늬가 선명하고 알맹이가 충실하면서 고른 것만 골랐다.

"이것들도 조금 가져갈게요."

"그러게. 그런데……."

"왜요?"

"갑자기 어떻게 물건 보는 눈이 좋아진 거야?"

"아니면요? 모른다고 양심까지 속이면 돼요?"

"그건 아니지만……."

"사장님 요즘 자주 졸립고 하품 자주하죠? 밥맛도 없고 안압도 안 좋고요?"

"억!"

"대추차와 구기자차는 안 맞으니까 두향차로 바꾸세요. 심심풀이도 땅콩이나 잣 말고 검은콩 볶아 드시고요. 아니면 신장이 더 쪼그라들어서 제명에 못 죽을 겁니다."

"이 셰프……."

"정—신—기—혈—진. 그중에서도 정이 바닥입니다. 산수유, 익모초 씨앗, 지황 같은 거 아끼지 말고 집어 드세요. 정(精)을 만드는 약재들이니까요."

"이, 이 셰프."

"아, 영지하고 익모초, 은행도 조금 주세요. 이건 약선 처방비로 대체하시고요."

"……!"

황 사장은 한동안 멍을 때렸다. 민규 때문에 두 번 뒤집힌 까닭이었다. 첫째는 민규의 약재 보는 안목 때문이고, 둘째는 한약에 대한 식견이었다.

그가 한 말은 다 맞았다. 황 사장은 신장이 좋지 않았다. 약을 먹어도 별로 좋아지지 않아 대충 살았다. 약재 사러 오는 사람들에게는 이게 좋다 저게 좋다 권하지만 그건 입에 붙은 상식 수준이었다. 정식 한약재가 아니라 건강식품으로 파는 약재였기에 조금 틀려도 그만이었다.

민규에게도 마찬가지였다. 그래서 대충 팔았던 것이다. 하지만 오늘은 달랐다. 주는 대로 가져가던 착한 청년이 아니라 명의급 한의사의 포스가 아닌가?

그 과정은 한 번 더 이어졌다. 손님 중의 하나가 우슬과 감초를 찾을 때였다.

"이거 먹을 때 가려야 하는 음식이 있나요? 한약 먹으면 파, 마늘, 무 같은 거 먹지 말라고 하잖아요."

50대 초반의 여자 손님이 물었다.

"아, 감초 같은 건 딱히……."

충격파 때문에 얼버무릴 때 민규가 나섰다.

"우슬 먹을 때는 소고기 가리시고요, 감초는 돼지고기 가리시는 게 좋습니다. 아니면 약발 잘 안 받아요."

"그럼 혹시 하체가 부실할 때는 어떤 약초를 먹으면 좋은지도 아세요?"

"약초보다 밤 좀 사다가 빈속에 꾸준히 깎아서 드시면 탄탄해집니다."

"……!"

손님보다 놀란 사람은 황 사장이었다. 5만 원짜리 거스름돈을 내주러 책상으로 간 김에 이웃 한의원 한의사에게 전화를 걸었다. 꼭 필요한 게 있으면 자문을 받던 한의사였다.

―다 맞습니다.

그가 확인을 해주었다.

거스름돈을 주고 나니 민규가 보이지 않았다.

'여지껏 알면서 속아준 거야, 아니면 갑자기 천지개벽 개안이라도 한 거야? 에돼.'

황 사장은 무심코 물었던 땅콩을 뱉어버렸다. 아까까지는 고소했지만 민규의 의견을 받고 난 지금은 개쓴맛이었다.

다음은 곡물상이었다.

—나주상회.

시장 안의 네거리에 자리한 곡물상 주인은 나주에서 올라온 60대의 할줌마였다.

할줌마.

할머니라고 부르기는 그렇고 아줌마라고 부르기도 그런 사람들을 위한 신조어였다.

"어, 셰프 총각!"

나주댁 이영자가 민규를 반겼다.

"뭐 필요한 거 있어?"

"예… 이것저것……."

인사를 받으며 곡물을 바라보았다. 가게는 크지 않지만 현미, 조, 수수, 흑미 등의 곡류부터 각종 견과를 풀세트로 갖춘 곳이었다. 일단은 확인이었다. 이영자라고 믿을 수 있는가?

그런데!

믿을 수 있었다. 그동안 이영자가 권하던 곡류가 그랬다. 현미 몇 알을 씹고 율무와 수수까지 맛보니 알 수 있었다. 현미부터 그랬다. 부서진 게 적고 입자가 고르며 가루가 거의 없었다.

"오늘은 뭐 필요해? 끅."

이영자가 딸꾹질을 참으며 물었다.

"현미하고 율무 좀 주세요. 검은콩하고 기장쌀, 메밀하고 팥도 같이요."

주문이 많았다. 종규가 금형 체질이니 그 앞뒤의 수형과 토형의 곡류도 필요했다. 같은 이유로 상아의 것까지 챙기다 보니 종류가 많아졌다.

"현미는 이거 가져가. 도매상에 딱 한 자루 들어온 걸 진품이라 집어왔는데 낱알이 거칠다고 다 외면하네. 내가 보기엔 이게 진짜배기거든."

이영자가 작은 자루 하나를 내놓았다. 모양새는 진심 거칠었다. 하지만 매운맛이 제대로 돌았다. 현미가 왜 맵냐고? 현미는 매운맛, 즉 신미(辛味)에 속하는 식품이다. 복숭아도 알고 보면 매운맛이다. 껍질에 매운맛이 숨어 있다.

"제대로인데요?"

"그렇지? 역시 젊은 사람들이 통한다니까. 늙은이들은 좋은 거 권해줘도 몰라요. 못 먹는 거 속여 파나 의심이나 하고… 끄윽."

"딸국질해요?"

"이게 요즘 들어 심심하면 이러네? 좀 그러다 말겠지 뭐."

대답하는 이영자 앞에 체질 수막이 보였다. 이 사람은 火형이었다. 심소장이 중심인 체형이지만 둘 다 좋지 않았다. 시장통이다. 제때 식사가 어렵다. 그러다 보니 먹을 때 많이 먹는다. 위장이 포화가 되면 심장을 압박한다. 심장이 나빠지는 건 정해진 수순일지도 몰랐다.

"커피 있죠?"

"한 잔 줘?"

"흑설탕도 있나요?"

"그건 없는데 우리 단골이니 빌려다 주지 뭐. 저기 옥수수 쪄서 파는 가게 가면 있거든."

"그럼 좀 부탁할게요."

민규가 말했다. 커피가 땡기는 건 아니지만 쓸데가 있었다. 이영자가 자리를 비운 사이에 중년 아줌마 손님이 왔다.

"어떻게 타줄까? 둘둘둘? 젊으니까 설탕만 한 스푼?"

흑설탕을 얻어온 이영자가 물었다.

"커피 세 잔에 흑설탕 두 스푼요."

"생각보다 달게 마시네?"

이영자가 조제를 끝냈다.

"그거 사장님이 마시세요."

"나? 끄윽."

"마시면 딸꾹질 없어질 겁니다."

"정말?"

"저 한번 믿어보세요."

"하지만 나는 설탕 안 넣고 마시는데?"

"약이라 생각하고 마시세요."

"우리 착실한 셰프 총각이 권하니 한번 속아볼까?"

이영자가 커피를 들이켰다.

"아줌마는 뭐 드릴까?"

잔을 비운 이영자가 새 손님에게 물었다. 손님이 찾는 것도 현미였다. 그녀의 선택은 말쑥한 현미였다. 때깔은 좋지만 최상급, 상품, 중품, 하품, 최하품으로 나눈다면 가운데나 겨우 끼는 물건. 그러나 물건 허우대가 멀쩡하니 외양에 매료되는 것이다.

"다들 저렇다니까. 요즘 물건들은 그저 때깔이 좋아야… 응?"

지폐를 챙기던 이영자가 고개를 들었다. 딸꾹질이 나오지 않았다.

"아이고, 이게 웬일이래?"

"사장님 요즘 심장이 좀 안 좋아서 딸국질 나온 거거든요. 또 딸국질 나오면 그렇게 타서 드세요."

"약선요리 연구한다더니 한의사가 다 됐네?"

"별말씀을……."

인사를 하고 곡물을 챙겼다. 주변에서 소소한 식재료까지 사들면서 장보기가 끝났다. 두툼한 장바구니가 뿌듯했다. 시장에 유통되는 것들 중에 최고 품질의 재료들이었다. 요리사에게 좋은 식재료는 보물과 같은 것. 보물이 만땅이니 민규 발걸음이 가벼울 수밖에 없었다.

"유후!"

발걸음은 날아갈 듯 가벼웠다.

텅!

칼을 도마에 찍었다. 사기 탱천이었다. 가지런히 손질된 재료들 역시 사기가 오른 전사들처럼 보였다. 곡류에 근과에 육류와 약류… 전에 다루던 식재료들과는 천양지차였다. 말하자면 일당백의 특급 전사들만 가려 모은 것이다.

전사들이 와글거리는 소리가 들렸다. 살아서 움직일 것도 같았고, 그대로 꽃이 필 것도 같았다. 싱싱하고 활력이 넘치는 재료이기에 가능한 일이었다.

약선요리…….

약일까?

약은 아니다.

요리일까?

그렇다고 요리만도 아니었다. 약선요리는 둘 다 아니면서 둘 다를 포함해야 했다. 행복하고 맛나게 먹으면서도 몸에 도움이 되는 요리. 그게 민규가 꿈꾸던 약선요리였다. 몸에 이롭다고 해서 약 먹듯 찡그리며 먹으면 그건 요리가 아니다. 본능과 야만의 허기만을 충족시키는 것도 안 될 일이었다. 적어도 약선요리라면 육체적, 정신적 허기를 다 만족시켜야 했다. 그러자면 육미의 조화가 필수였다.

오장오미.

식재료와 함께 맛의 흐름이 떠올랐다.

음식은 왜 먹는가?

먹다 죽은 귀신이 때깔도 고우니까?

정답이다. 인간은 때깔을 위해 먹는다. 그 때깔은 육체이기도 했고 정신이기도 했다.

오장은 몸 밖으로 일곱 구멍과 닿는다. 눈코입귀의 구멍이 그것이었다. 코는 폐장에 속한다. 코로 드나드는 폐의 기운이 좋아야 냄새를 잘 감별할 수 있다. 눈은 간에 속하며 사물의 색을 구분한다. 혀는 심장에 속하면서 맛을 감별한다. 입은 비장에 속해 음식 맛을 제대로 알 수 있다. 마지막으로 귀는 신장에 속해 장단 고저의 소리를 감별해 낸다.

이 오장이 조화로워야 맛을 제대로 느낀다. 맛에는 시각, 후각, 촉각, 청각이 함께 관여하기 때문이다. 그러자면 육미의 균형 잡힌 섭식이 필요하다. 산고감신함(酸苦甘辛鹹)에 떫은맛, 삽미(澁味)를 더하면 육미가 된다. 사람의 몸에는 이들 육미가 잘 어울려 있어야 건강하다.

매운맛 신미는 발산하는 기운이 있어 신진대사를 왕성하게 하고 몸에 활력을 만들어준다. 몸을 덥히고 지나친 열이나 이물질은 피부로 배설한다. 다만 과하면 근육과 혈관에 문제가 생긴다.

단맛 감미는 아미노산과 당분 등으로 자양 작용을 한다. 이 역시 과하면 기혈의 흐름을 헐렁하게 만들어 위장이 늘어지고 심장이 답답해질 수 있다.

신맛 산미는 세포의 영양 성분을 담당하며 기운을 모아주는 특성이 있다.

쓴맛 고미는 담즙 분비에 관여한다. 식욕을 도와주고 배설을 촉진하며 열을 내리기도 한다. 지나치면 복통과 경련을 일으킬 수도 있다.

짠맛 함미는 장의 운동을 활성화하여 대변을 부드럽게 만들어준다. 지나치면 고혈압이 친구 먹자고 덤빈다.

단맛은 비장에 속한다. 비장은 소장과 통하니 비장에 병이 있을 때는 소장의 화기를 내보내야 하고, 소장에 병이 들면 비장을 돌봐야 한다.

신맛은 간에 속한다. 간과 대장은 서로 통하니 간의 병에는 대장을 잘 통하게 하고 대장의 병에는 간의 기운을 고르게 해주어야 한다.

그리고… 폐에 속하는 매운맛. 폐와 방광은 서로 통하니 폐의 문제는 방광을 돌보아야 하고 방광의 병은 폐를 돌보아야 한다.

약선대나무밥.

종규를 위한 메뉴는 그것이었다. 재료는 목이버섯에 더불어 현미와 율무, 검정 콩, 건새우, 연근, 백선피, 구기자, 대추에 도라지, 더덕, 죽력, 과루, 나복자 등이 놓였다.

좀 많았다.

그동안의 잘못을 만회하려는 욕심이 담겼다. 하지만 조율할 자신이 있었다.

일단 초록 대나무 통부터 정갈하게 씻었다. 그 물은 수도꼭지에서 받았으되 민규의 손이 닿자 물 한 방울이 더해지는 느낌이 들었다.

톡!

바로 성분이 변했다. 첫새벽, 시린 별빛을 머금고 신성함으로 빛나는 정화수가 된 것이다.

'좋은 요리의 시작…….'

민규 머리에 약선조리법이 생생하게 스쳐 갔다.

1) 좋은 요리를 하려면 재료의 자연적 성질을 알아야 한다.

2) 좋은 요리를 위한 맛의 근본은 물로부터 비롯된다.

3) 좋은 요리를 위해서는 불의 이용과 조절이 필수다.

4) 맛은 미묘한 것이니 마음으로 깨달아야 한다.

5) 정성으로 만들어진 음식은 다음 기준을 충족한다. 빨리 부패

하지 않고, 다 익어도 부서지지 않으며, 달지만 너무 강하지 않고, 시지만 너무 심하지 않고, 짜지만 그리 짜지 않으며, 맵지만 자극적이지 않고, 맛이 풍부하지만 느끼하지 않아야 한다.

이 말은 민규의 전생인 은나라 이윤이 주창한 요리의 기본이었다. 그 생의 요리 기억을 생생히 입력받은 민규. 전생이 건네준 신비수의 도움을 받아 재료를 닦아 불순물을 빼고, 재료를 담가 독성은 죽이고 좋은 성분은 흔들어 깨웠다. 민규의 바람에 따른 마법의 물이었다. 물기 머금은 재료들은 뽀송뽀송한 모습으로 생기를 더했다.

대나무 통은 초록 물 묻어날 듯 싱싱해지고.

율무와 현미는 살짝 부풀어 촉촉해지고.

목이버섯은 버드나무 고목에 붙어 숨 쉬는 듯 부풀어 오르고.

구기자와 백선피, 대추, 등의 재료도 생기 탱천한 모습이 되었다.

'군신좌사(君臣佐使).'

약선이론의 하나에 속한다.

군은 주요 원료를 가리킨다.

—대나무, 죽력, 목이버섯과 도라지, 더덕.

이들이 그것이었다. 의서에 목이버섯에 대해 이르기를 혈액에 쌓이는 혈전을 용해하고 동맥경화와 관상동맥경화증에 좋으며 오장을 좋게 만들고 기를 보해 몸을 가볍게 한다고 했다. 여기에 더해지는 죽력 또한 쓴맛이 돌며 혈관 청소와 고지혈, 동맥경화에 특효가 있었다.

도라지와 더덕이 폐에 좋은 것은 말할 것도 없거니와, 도라지는 약성을 상부로 끌어 올려주는 능력까지 있으니 빼놓을 수 없었다. 구기자 또한 폐를 윤택하게 만든다. 율무와 현미 역시 폐에 이로운 기능은 크게 다르지 않았다.

신(臣)은 군(君)의 작용을 보조해 효능을 올려주는 보조 재료들이다.

—검은 콩과 대추, 마, 백선피, 계피, 과루, 나복자.

신의 진용이다.

이들은 폐를 살리기 위한 지원군으로 신장과 비위 보강을 위한 것들. 특히 백선피는 맛이 쓰고 짜며 독이 없다. 비·위·폐·소장·방광에 고루 작용하니 다국적 평화군 역할이다. 계피는 체온을 올려 혈액순환을 촉진하기 위한 약재로 추가되었고, 과루와 나복자 또한 같은 의미였다.

전에는 닥치고 폐만 생각하던 민규. 이제 약선의 오행을 제대로 수행해 볼 생각이었다. 폐기만을 무작정 올리면 간기가 상할 수 있다. 금극목(金克木)이니 토생금(土生金)을 잊지 말아야 했고 화생토(火生土)를 알아야 했다.

약선요리가 약이 되려면 환자의 상태에 따른 오미의 조화는 필수적. 그걸 위해 지상에 많은 식재료가 존재하는 것이다.

재료의 분량.

이 또한 중요하다. 좋은 약재라고 이것저것 왕창 때려 넣어서 되는 거라면 약선이 어려울 게 없었다. 지나치면 극하고 부족하면 임계량에 도달하지 못해 효과가 없는 게 약선의 특징. 분량은 종규의 체질 수막 창이 기준이 되었다.

먼저 곡류.

—현미 70g, 율무 50g, 검은콩 40g.

약선 식재료.

—목이버섯 50g, 도라지 20g, 더덕 20g, 마 10g 과루(박) 5g.

마지막으로 약재.

—죽력 60g, 구기자 5g, 백선피 10g, 계피 5g, 나복자(무 씨) 5g.

여기에 건새우 5g과 대추 두 알을 저며놓았다.

종류가 좀 많았다. 대개의 약선요리는 사실 알고 보면 일반적인 식재료에 간단한 약재를 더한다. 우려는 완벽한 비율 조합을 찾아냄으로 해소가 되었다. 명의가 아니라면 엄두도 내지 못할 일이었다.

"……!"

재료 계량에서 민규가 또 한 번 놀랐다. 손으로 쥔 현미는 생각과 같은 70g이었다. 율무도 그랬고 목이버섯도 그랬다. 머리에 그리는 무게를 틀림없이 집는 것이다.

이는 수련으로도 가능한 일이기는 했다. 요리의 달인들 프로그램을 보다 보면 자주 볼 수 있던 장면들. 그들이 만드는 만두는 매번 0.1g 정도의 오차에서 벗어나지 않는다. 민규도 어느 정도는 하는 편이었지만 계량 저울에 나타나는 숫자를 보니 놀라울 뿐이었다.

"……!"

더불어 또 놀랐다. 체계적으로 요리를 진행하고 있었다. 이런 집중력과 몰두는 요리 대회에서나 맛보는 기분이었다.

현미와 율무, 콩은 물에 불린 후에 계피 우린 물에 담갔다. 금형 체질에 맞는 맵고 화한 맛을 배게 하기 위한 조치였다.

속 빈 식물 대나무.

속이 빈 식재료는 생긴 대로 뚫어뻥이다. 막힌 구멍을 뚫어준다. 그러나 몸이 찬 사람과 소화기능이 떨어지는 사람이라면 고려가 필요하다.

계피의 쏘는 듯 화한 향.

향은 뭉친 기운을 풀어준다. 이 또한 종규의 폐동맥에 낀 때를 시원하게 밀어내기 위한 배합이었다. 대나무통밥 세팅이 끝나자 종규를 바라보았다. 녀석은 호흡이 힘겨운 듯 눈을 감고 숨을 고른다. 그 몸에는 수막 창이 떠 있다. 밥 재료를 돌아보았다. 비슷한 느낌이지만 조금은 달랐다. 민규의 손이 움직였다. 현미 12알과 계피 2g이었다. 그걸 빼고 더하자 밥과 종규의 색감이 닮아 보였다.

하지만!

문제가 보였다. 검은콩과 더덕이었다.

"……!"

거기서 떠오른 약선요리의 원칙 하나.

—배오금기(配伍禁忌).

소고기에는 생강과 부추를 쓰지 않는다.

돼지고기에는 도라지를 쓰지 않는다.

닭고기에는 새우를 쓰지 않는다.

게에는 감이나 꿀, 대추를 쓰지 않는다.

그리고… 검은콩은 인삼, 더덕과 한 요리로 쓰지 않는다.

머리가 손을 일깨웠다. 더덕을 빼고 도라지의 양을 조금 더 늘렸다. 마지막으로 밥물은… 검지와 중지 마디가 결정해 주었다. 마무리는 한지 뚜껑. 그 또한 정성을 다해 씌웠다.

'오케이.'

다 좋았다. 하지만 가스레인지의 불은 마음에 들지 않았다. 민규의 마음에는 숯불이 피어올랐다. 하지만 모든 것을 100% 자연 상태로 할 수 있는 세상은 아니었다. 재료들 또한 A급이라 세 전생이 살던 때의 초자연적인 SSS등급은 아니었다. 다행히, 사람의 육체 또한 그때와 달랐다.

턱!

렌지의 쇠발 위에 둥근 쇠판 하나를 올렸다. 연탄아궁이 위에 씌우는 그 쇠판이었다. 아쉬운 대로 화력이 고르게 퍼지는 매개체가 되었다.

불을 당겼다.

새 약선요리의 출발이었다.

불은 두 개가 타올랐다. 하나는 대조를 위한 요리였다. 정성을 다했지만 평소하던 대로, 물로 그냥 수돗물을 받아 넣었다. 둘이 어떻게 다른지 궁금한 민규였다.

밥이 되는 사이에 또 다른 약선을 만들었다. 이번에는 주인아줌마의 딸 상아를 위한 심장 약선이었다. 자선의 의미는 아니었다. 증명을 위한 시도였다.

동생도 고치고 상아도 고친다면? 운명 시스템이 어쩌고 하면서 안겨준 세 전생의 능력을 의심할 바 없는 것이다. 그렇게만 된다면 이 찌질 인생에 빠이빠이를 고할 수 있었다. 꿈꾸던 대로 최고의 약선요리사가 되어 대한민국을 주름잡을 생각이었다.

상아의 약선 주제는 약선호박샐러드였다. 호박은 火형 체질에 좋다. 이미 유치원에서 증명한 일이었다. 수생목과 목생화를 위해 신맛 계열의 완두콩과 딸기, 참깨를 준비하고 밤과 마도 갖췄다. 딸기를 제외한 재료들은 한 번씩 불 맛을 입혔다.

사각!

단호박은 단숨에 갈랐다.

칼을 써야 한다면 결대로 단숨에.

이는 마치 일식의 회 뜨는 것과도 일맥상통했다. 잘 들지 않는 칼로 회를 떠낸다면? 회 맛을 버린다. 설명이 필요 없을 일이었다.

단호박이 익는 동안 참깨와 구운 팥을 갈아 샐러드 소스를 만들었다. 씨를 발라내고 구운 대추의 달달한 속살도 소스에 비볐다. 단호박이 익은 후에 으깨고 소스를 올리니 약선샐러드가 끝났다. 흰 마와 빨간 딸기, 완두콩이 섞인 비주얼도 아이들 취향과 맞아떨어졌다.

'나이스.'

자화자찬이라도 좋았다. 아니, 자화자찬하지 않을 수 없는 비주얼의 요리가 나온 것이다.

'이거 내가 한 거 맞아?'

보고 또 보지만 의심의 여지는 없었다. 우렁 각시가 사는 동화 속 세상은 분명 아니었다.

플레이팅을 마치고 3층으로 내려갔다. 접시는 작은 야생화들의 꽃밭처럼 보였다.

"우와!"

아줌마가 경기를 했다. 요리 모양 때문이었다. 지금까지 본 것 중에서 가장 압도적이었다.

"보기는 좋은데 우리 상아, 샐러드 잘 안 먹어……."

주인아줌마가 뒷목을 긁었다.

"이건 좀 특별하거든요. 한 숟가락만 먹여보세요."

"알았어. 만든 성의를 봐서……."

아줌마가 돌아섰다. 돈의 위력이다. 밀린 방세를 내니 성의도 대접을 받는 것이다. 상아는 오만상을 쓰며 식탁으로 걸어왔다.

"옥상 오빠가 너 주려고 만들었대. 한 숟가락만 먹어봐."

"싫은데……."

"딱 한 번만."

문 앞의 민규가 손가락 하나를 들어 보였다.

"아!"

아줌마의 숟가락이 상아 입을 윽박질렀다. 상아는 실룩거리던 입을 마지못해 벌렸다.

"뱉으면 안 돼. 오빠가 힘들여서 한 요리잖아? 얼마나 예뻐."

아줌마의 다짐에 눌린 상아, 입에 들어온 샐러드를 입에 문 채 제 방으로 쪼르르 달려갔다.

"애가 저렇다니까. 이건 내가 먹을 테니까 자꾸 해오지 마. 총각도 넉넉한 형편 아닌데 괜히 미안하고……."

샐러드는 아줌마 입으로 들어갔다. 아줌마의 인상이 살짝 구겨졌다. 불 맛 때문이었다. 샐러드에 배인 그을린 불 맛. 참깨와 대추잼으로 감췄지만 모를 리 없었다.

"맛이……."

아줌마가 웃픈 미소를 지을 때였다. 상아의 방문이 덜컹하고 열렸다. 그리고… 갑자기 열린 문만큼이나 놀라운 말이 상아 입에서 튀어나왔다.

"엄마, 나 그거 더 먹을래."

"뭐?"

"맛있어."

입맛을 다신 상아가 입을 벌렸다.

"얘가 웬일이래? 안 먹던 샐러드를 다 먹고."

아줌마 고개가 갸우뚱 기울었다.

"천천히 두고 먹이세요. 아줌마 입에는 안 맞아도 상아 심장에는 좋은 거니까 남기지 마시고요. 다 먹으면 또 만들어 드릴게요."

주인집에서 돌아섰다. 동생의 약선대나무밥이 완성될 시간이었다.

"……!"

두 개의 대나무통밥 앞에서 민규가 뒤집어졌다. 두 요리는 완전히 달랐다. 나름 정성을 다한 대조용은 거의 허접(?) 수준이었다. 비교의 대상이 아닌 것이다.

"……."

시식을 했다. 맛 또한 천지 차이였다. 초자연수와 전생의 경험이 깃든 밥이 신선의 밥이라면, 대조용은 차마 식탁에 올리지 못할 수준이었다.

푸근하면서도 화한 향. 그 뒤로 은은하게 이어지는 단맛은 한 편의 맛 판타지였다. 이제까지의 민규가 결코 넘보지 못하던 그 맛…….

오케이.

의욕을 제대로 받는 민규였다.

“밥 먹자.”

민규가 식탁에 약선대나무밥을 세팅했다. 딸린 음식은 목이버섯배추볶음이었다. 배추와 목이버섯을 3 : 1의 비율로 하고 마늘, 생강, 청홍고추, 죽력, 간장 등을 넣고 볶았다. 이 또한 대나무통밥 약효의 축소판으로 봐도 좋았다.

“밥 생각 없는데…….”

“오늘은 다르거든. 일단 물부터 한 잔.”

민규가 물컵을 내밀었다.

톡!

그 물컵에도 손가락이 반응했다. 보이지 않는 물 한 방울이 떨어졌다. 생수는 이내 초자연수로 변해 버렸다. 종규가 물을 받아 마셨다. 그사이에 대나무 통 뚜껑을 열었다. 고소함 속에서 화한 향이 싱싱하게 너울거렸다.

“응? 냄새가 유니크하네?”

종규가 코를 킁킁거렸다.

“먹어봐라. 맛도 유니크할 테니까.”

“좋아. 형 성의를 봐서…….”

종규가 한 수저를 퍼 들었다. 우물거리는 표정은 무덤덤했다. 하루 종일 집에 있는 사람은 대개 입맛이 없다. 거기에 민규 요리에 대한 선입견도 한몫을 했다. 열에 아홉은 맛이 없던 학습 효과를 대뇌가 잊지 않고 있었다.

"천천히 씹어서 넘겨라. 이 요리는 목을 넘어갈 때 진가가 나오니까."

"또 구라 친다. 내가 그 말 한두 번… 응?"

밥을 넘기던 종규가 저작을 멈췄다.

"어떠냐?"

"형."

"어떠냐니까?"

"처음은 그저 그런데 뒷맛은 괜찮은데?"

"괜찮은 정도가 아니라 착착 감길 거다."

"어디……."

종규가 본격 감상에 나섰다. 표정은 3단계로 변했다. 처음에는 심드렁, 두 번째는 관심 오픈, 그 마지막은 관심 폭발이었다.

"오, 괜찮은데? 몸이 제대로 받아."

종규가 입맛을 다셨다.

"종규야."

"응?"

"니 병, 내가 약선요리로 고친다."

"그건 너무 오버 아니야?"

"오버 아니거든. 나 이제 요리에 제대로 눈떴다."

"어떻게?"

"원효는 당나라 가는 길에 샘물에서 도를 깨달았다지? 나는 유치원 가는 길에 로또 복권점 앞에서 요리의 도를 깨달았다."

"뭐래? 언제는 꿈이라더니."

"아무튼, 로또 따위에 기대기보다 죽도록 요리하자. 그랬더니 머리가 확 깨이더라. 요리에 대한 음식지도(飮食至道)가 내 안으로 들어온 거야. 봐라. 그동안 네가 먹던 것과 오늘 완성한 것. 차원이 다르지?"

거기서 대조용 요리를 꺼내놓았다. 종규의 미간이 찡그려졌다. 슬쩍 맛본 얼굴은 더 찡그려졌다.

"어떻게 다르냐? 디테일하게 읊어봐라."

민규가 물었다.

"이 밥이 부드럽다면 그 밥은 깡패? 거칠고 불친절해."

"그렇지?"

"희한하네. 밥알에 배인 화한 맛, 내가 선호하는 맛이 아닌 데도 마구 끌리고……."

"아무튼 남기지 말고 다 해치워라."

"형은?"

"나는 이거 먹어야지. 그래도 명색이 약밥인데."

대조용을 들고 일어섰다. 사실 배가 고프지도 않았다. 대박 기적이 일어난 날 한 끼쯤 굶으면 어떨 것인가?

똑똑!

막 냄비 물을 올릴 때 노크 소리가 들렸다. 문을 열어보니 상아였다. 꼬마 숙녀의 고사리 손에는 샐러드 빈 접시가 들려 있었다.

"상아가 다 먹은 거야?"

반가운 마음에 키를 낮추며 물었다. 상아가 고개를 끄덕거렸다.

"맛은?"

민규의 물음에 상아는 엉뚱한 답을 내놓았다.

"또 먹고 싶어요!"

그 한마디에 민규의 빈 배가 차올랐다. 이런 포만감을 누가 줄 수 있단 말인가?

그런데…….

정작 놀라운 건 그게 아니었다.

상아…….

옥상에 올라온 것이다. 아이가 두 총각 사는 옥탑방에 오면 안 되기라도 하는 걸까? 그런 뜻이 아니었다. 상아는 걷는 걸 싫어한다. 계단 오르는 건 더 싫어한다. 심장이 좋지 않아 숨이 차기 때문이다. 그런 까닭에 상아는, 대개 업혀서 계단을 오르고 내렸다. 그런 상아가 직접 계단을 올라온 건 심장에 청신호일 수 있었다.

"야, 너 봤지?"

상아가 내려가자 민규가 소리를 질렀다.

"뭘?"

"상아 말이야. 자기가 걸어서 여길 왔잖아?"

"뭐 아빠가 올려다 준지도 모르지."

'응?'

"어쨌든 일단 인정. 늘 뺀찌만 맞던 상아 입맛을 맞추다니 놀라운걸."

종규 엄지가 부러질 듯 세워졌다.

"얌마, 그냥 맞춘 게 아니고 체질을 분석한 저격 약선이라니까. 두고 봐라. 이제 상아 심장도 좋아질 테니까."

민규 목소리는 슬슬 확신에 가까워져 갔다.

"푸아!"

"푸하아!"

종규 잠자는 숨소리다. 민규는 종규의 1층 침대 앞에서 귀를 세우고 있었다.

푸하아!

숨소리는 계속 이어졌다. 민규의 촉각도 바짝 곤두섰다. 착각일까? 숨소리 또한 버벅, 비실거리던 어제와 달랐다. 근래에 들은 적 없는 크고 편한 호흡이었다.

'이건 먹힌다.'

민규가 주먹에 힘이 들어갔다. 잘 때도 힘에 겨워 보이던 종규였다. 하지만, 지금은 그런 기색이 거의 없었다.

기적!

기연!

두 가지 단어를 생각하며 식탁에 앉았다. 남은 재료들을 보았다. 현미 몇 알을 입에 털어 넣었다.

아작바작.

오늘 사온 현미를 씹었다. 그전에 쓰고 남은 현미를 씹었다. 식탁에 조금씩 꺼내놓고 바라보았다. 우열은 어렵지 않게 가려졌다. 신기했다. 몇몇 재료를 보는 눈은 있었다. 하지만 이렇게 현미경처럼 가려내는 재주는 없었다. 그게 가능해진 것이다.

구기자도 그렇고 계피도 그렇다. 당삼이 그렇고 죽력도 그랬다. 식재료뿐만 아니라 한약재까지도 개안이었다.

더 나아가 물…….

생수를 따른 물 잔을 보았다. 손으로 잡았다. 아무것도 없는 듯 투명하다.

'반천하수.'

마실 때 들어온 생각이었다. 하늘에서 내려와 땅에 닿지 않은 물. 상지수로 불려도 되는 신비, 신성의 결정체다.

톡!

보이지 않는 한 방울이 녹아들었다. 그 물을 단숨에 마셨다. 물이 위에 닿는가 싶더니 눈이 맑아지기 시작했다.

'정화수.'

다른 잔을 들고 두 번째로 들어온 생각을 읊었다. 조금 다른 한 방울이 떨어졌다. 그 물도 마셨다. 물은 한없이 청량했고 정갈한 음이온이 휘몰아치는 것 같았다.

동의보감에서나 읽었던 물맛이다. 착각일까? 궁금해졌다. 만약 어떤 축복이 깃든 거라면 정확히 아는 게 필요했다. 그 즉시 물 잔을 만들었다. 동의보감에 나오는 물은 33가지다. 정확히 말하면 33+1가지. 그러나 육천기는 성격이 좀 다르므로 33가지로 알려진다. 저 유명한 베… 어쩌고 아이스크림 숫자보다도 서너 개나 많다. 물 잔도 서른세 개를 펼쳤다. 차례차례 물을 채우고 실험에 돌입했다.

쪼르륵!

'정화수.'

바람을 외며 손가락을 주시했다. 오른손 엄지 마디가 반응하더니 투명한 한 방울이 떨어졌다. 컵 안의 물이 변하는 게 보였다. 순식간이었다. 물은 마치 새벽 별과 달이 뜬 것 같았다. 물맛 또한 가슴이 저리도록 달았다.

쪼르륵!

'지장수.'

이번에는 검지 첫 마디가 반응한다. 신묘한 물은 여전히 한 방울이다. 물은 신선수처럼 변해갔다. 해독력이 있는 물이라 그런지 몸이 훌쩍 가벼워졌다.

쪼르륵!

'역류수.'

이 말의 반응은 왼손 마디로 옮겨갔다. 한 방울 떨어지자 물에 소용돌이가 일었다. 민규 눈에는 그랬다.

쪼르륵!

'벽해수.'

약지의 가운데 마디가 반응했다. 그러자 물컵 안에 바다의 한 물결이 일었다. 이 물은 몸이 가려울 때 먹으면 좋다. 피부가 시원해졌다.

'요수.'

중지 첫 마디에 신호가 온다. 깊은 산골 옹달샘이 따로 없다. 비위를 보하고 음식을 먹게 하는 물이다. 아주 마음에 들었다. 이를 테면 음식을 먹게 하는 물. 요리사라면 누구든 욕심날 물이었다. 게다가 속까지 편해지는 느낌이었다.

'취탕?'

하룻밤 묵은 숭늉이다.

"우엑!"

토악질이 나왔다. 좋지 않은 물이었다.

'동기상한.'

이는 구리그릇 뚜껑에 맺힌 물이다. 독물과 같아 마시면 병이 생길 수 있었다. 그런데… 그냥 지나가나 싶었지만 오른손 중지의 끝 마디에 신호가 왔다.

'…….'

동기상한수. 먹으면 해로운 것으로 변하는 물. 지금까지 나온 물은 취탕만 제외하면 약수이자 영수였다. 그들 가운데 왜 이런 물 기능이 끼어 있는 걸까? 조심스레 컵을 들어 맛을 보았다.

'웁!'

내장이 격한 반응을 했다. 재빨리 반천하수 컵을 마셨다. 이는 아직 땅에 닿지 않은 신묘한 물. 신비하게도 창자의 경련을 진정시켜 주었다.

'한 방울 더.'

호기심이 일어 두 방울을 떨어뜨렸다. 맛은 크게 변하지 않았다.

세 방울.

역시 그랬다.

열 방울.

숫자를 더한다고 효능도 증폭되는 건 아니었다. 그저 한 방울이면 족했다.

약선 때문에 공부하던 동의보감을 펼쳤다. 33가지 물에 대한 효능 자료가 보였다. 하지만 민규에게 주어진 물과는 차례가 달랐다. 약간의 차이도 있었다.

1) 반천하수(半天河水)

하늘에서 내려와 땅에 떨어지기 전의 물. 상지수라고도 하며 편작 등의 고대 명의들은 이 물을 마시고 오장육부를 들여다보았고 귀신도 쫓아낸다는 신비한 물이다. 진액을 우릴 때 좋고 불로약 등을 달일 때 긴요하며 사용자의 공력이 깊어짐에 따라 신묘한 효능을 볼 수 있다.

2) 마비탕(麻沸湯)

생삼을 삶은 물. 허열(음양기혈 부족으로 생기는 열)을 내리는 데 쓴다. '화타(華陀)'가 만든 약이라고 알려진다.

.

.

6) 납설수(臘雪水)

섣달에 온 눈이 녹은 물. 차고 맛이 달며 열을 다스리는 데 사용한다. 충혈된 눈을 씻으면 풀리며 김장독에 넣으면 김치 맛이 변하지 않고 과실과 채소를 담가두면 맛과 신선도가 살아난다.

7) 지장수(地漿水)

해독 효과. 독버섯이나 기타 중독(重毒)되어 답답한 것을 푸는 데 사용한다. 채소를 담가두면 싱싱해진다.

8) 요수(潦水)

산골에 고인 물. 맛이 담박하다. 음식을 잘 먹게 하고 비위를 보하며, 중초의 기운을 보하는 약을 달이는 데 좋다.

.

·

20) 추로수(秋露水)

가을철 아침 해가 뜨기 전에 이슬을 받은 물. 순하고 달며 피부와 살빛에 생기를 더해 얼굴을 예쁘게 만든다. 눈도 밝아지고 오래 마시면 장수와 더불어 배도 고프지 않아진다.

21) 증기수(蒸氣水)

밥을 찌는 시루 뚜껑에 맺힌 물. 머리털을 자라나게 하고, 이 물로 머리를 감으면 머리카락이 검어지고 윤기가 난다.

·

32) 동기상한(銅器上汗)

구리 그릇의 뚜껑에 맺힌 물. 독성이 있어 이 물이 떨어진 음식을 먹으면 몸에 종기나 종양 등의 병이 생긴다.

33) 취탕(炊湯)

묵은 숭늉의 물로 얼굴을 씻으면 얼굴에 윤기가 없어지고, 몸을 씻으면 버짐이 생긴다.

33가지 물은 묵은 숭늉으로 끝이 났다. 동의보감과 다른 건 요리사 중심이라는 점이었다.

그것 외에도 약간의 차이는 있었다. 이윤과 허준의 관점 차이로 보였다.

"후아!"

정신 줄이 격하게 후들거렸다.

이게 사실이라면, 요리 맛의 살리는 건 물론이오, 질병의 치료도 가능하고 탈모 해결에 피부 미용도 문제없다. 피부 미용을 생각하니 다이어트도 따라붙었다.

대추나무 잎, 즉 조엽을 가루 내어 먹으면 사람이 여위게 된다.

동의보감에 나오는 말이다. 대추나무 잎이 아니면 팥도 있고 양배추, 연꽃 씨도 있다. 성분을 최대한 살리는 초자연수로 조리하면 효과가 증진될 일이었다.

한마디로 초자연의 물 마법이 손마디에 들어온 것이다. 양 손가락 마디에 맺힌 물의 마법이 서른세 가지였다. 다만 육천기는 '아직' 실현되지 않았다.

육천기 역시 동의보감에서 언급되는 물이다. 이 물을 마시면 허기지지 않고 오래 살며 얼굴과 피부가 고와진다고 한다. 하지만 이 물은 자연의 여섯 가지 기라고 알려져 있다.

'물이되 물이 아니기에 빼놓은 건가? 아니면 어떤 조건을 채우면 주어지는 건가?'

반천하수의 효능에도 궁금증이 깊었다.

불로약 등을 달일 때 긴요하며 사용자의 능력에 따라 신묘한 효능을 볼 수 있다.

불로약이란 게 가능하긴 한 건가? 사용자의 능력에 따라 또 다른 효능도 이끌어낼 수 있다는 얘기? 그 효능은 무엇?

궁금하긴 하지만 당장은 욕심내지 않았다. 주어진 33가지 초자연수만 해도 부러울 게 없는 상황이었다.

'천리수와 요수.'

종규의 대나무통밥에 들어간 물을 알게 되었다. 천리수는 몸 속 깊은 병, 말단의 병을 치료하는 영수였다. 요수는 비위를 보강하고 식욕을 갖게 한다. 두 물은 폐동맥의 때를 벗겨내고 비위를 보강하려는 민규의 의도와 딱 맞아떨어졌다. 기가 막힐 노릇이었다.

비린내 잡기.

잡맛 없애기.

채소의 쓴맛 없애기.

그게 문제가 아니었다. 그냥 마셔도 약이 되는 물. 말로만 약선이 아니라 요리와 약선의 궁극을 이룰 수 있는 물들이었다.

물이 얼마나 중요한가?

비단 요리만이 아니라 몸에도 중요했다. 정수기가 어쩌고 하지만 과학으로 만든 물은 자연수를 쫓아오지 못한다. 탄산수가 좋은 예다. 천연탄산수와 인공탄산수는 격이 다르다. 탄산의 태생이 다르기에 기포의 크기가 달라 혀에서 느끼는 필링이 하늘과 땅 차이인 것이다.

지상의 모든 물.

그게 민규 손에 들어온 셈이었다. 시한부 조건이나 페널티가 없다면 초대박 사건이었다. 요리에 있어 양대 산맥은 물과 재료. 하지만 다른 요리사들 중에도 재료 잘 고르는 사람은 많았다. 그러나 이렇게 신묘한 물 소환 권능을 가진 사람은 지구상에 이 민규 Only One.

후워어!

감격으로 피가 끓어올랐다.

'여기까지.'

일단 마음을 안정시켰다. 요리에는 다양한 상황이 있다. 지상에 존재하는 레시피는 인구수보다도 많을지 몰랐다. 그렇기에 모든 요리는 정형화되지 않는다. 디테일한 건 요리를 하면서 익혀야 할 것 같았다. 생각과 맛은 다르다. 재료와 요리도 다르다. 그렇기에 같은 재료를 가지고도 다른 맛이 나는 게 요리였다.

물을 놓고 요리책을 가져왔다. 한식요리와 약선요리, 중국과 조선의 요리법 등이었다. 그 위에 손을 얹고 약선요리에 대해 생각했다. 기적은 어디까지 일어난 걸까?

'약선요리……'

눈을 감자 수많은 지식들이 검색창처럼 보여졌다.

식약동원—음식과 약은 그 뿌리가 같다.

변증용선, 변증시선—약선은 개인별 맞춤식이다.

약식의기—음식도 궁합이 중요하다.

최초의 밥상이 춘추전국시대 이후에 등장하니 밥은 음이오 국은 양이라 물과 흙에서 비롯되면 음이라 칭하고 육류에서 비롯되면 양이라 하리니 음식에도 도가 있어 이를 음식지도(飮食之道)라 칭한다.

한대(漢代) 오십이병방에 약용 곡류 15종이 나오고 이어 신농본초경에 식치의 범위가 넓어지니 약선의 기초 확립이라, 후대 손사막이 천금방에서 식치를 따로 뽑아 과실, 채소, 곡미, 조수충어 네 가지로 분류하니 현존 최고의 영양요법 전문서라… 이를 효능에 따라 가리면 기혈을 길러주는 건신증력류, 비만을 개선하는 경신감비류, 정신이 맑아지는 건뇌익지류, 얼굴과 피부를 좋게 하는 미용양안류, 머리를 검게 하는 미발오발류… 치료약선으로 가면 해표약선, 청열약선, 거한거습약선, 이혈약선… 오행과 연결하면 목화토금수이니 오시는 춘하장하추동이오, 오색은 청적황백흑이라. 오미는 산고감신함이오, 오과는 자두살구대추복숭아밤, 오축은 개말소닭돼지, 오채는 부추염교아욱파콩잎이라…….

막강 이론과 함께 면근탕, 가마보곶, 귀리송편, 모로계잡탕, 곽향미음, 자소엽죽, 은이백합죽, 만삼찰밥, 마복령경단, 보허정기죽, 영지떡갈비, 황기용안육죽, 방풍죽, 황기오골계백숙 등의 약선요리들이 줄지어 보였다.

"……!"

그쯤에서 민규 눈이 번쩍 떠졌다. 막히는 게 없었다. 옛날에 전하는 약선요리는 다 머리에 있었다. 아니, 전하지 않는 궁중약선까지 빼곡했다. 참고 서적 따위가 필요 없어진 것이다.

약재도 그랬다. 약선에 흔히 쓰이는 약재들. 민규가 꼼꼼히 적어두고 공부하던 참고 수준이 아니었다. 음양오행과 오미, 오장육부의 기능조차도 술술이었다.

'맙소사!'

경악의 숨소리가 나왔다.

'맙소사!'

이건 몰입 때문이었다. 삼매경에 빠지다 보니 피로까지 망각한 것이다.

'우워어.'

로또…….

그따위에 댈 것이 아니었다. 로또라고 해봤자 한순간의 희망일 뿐이다. 그러나 지금 민규의 몸에 들어온 '요리로또'는 민규가 일생을 두고 꿈꾸던 바로 그 일이었다.

'재훈이…….'

감격을 잘라내고 전화를 잡았다.

송재훈.

민규 친구 중 한 명이었다. H대 화학과를 나와 보건환경연구원의 먹는 물 분석실 연구사로 일하고 있었다. 그 친구라면 초자연 신비수의 비밀도 분석이 가능할지 몰랐다.

반천하수, 정화수, 한천수, 감란수, 천리수…….

민규가 생각하는 동의보감 속의 그 물이 맞는지 확인하고 싶었다.

"야, 형님인데 통화 가능하냐?"

문제없다는 대답이 돌아왔다. 술 한잔 사야 한다는 옵션이 걸릴 뿐이었다.

관련 자료 검색을 하는 눈에 뉴스가 들어왔다.

〈미더덕 패류 독소 서울 송파 유치원 강타〉

〈이웃한 십여 유치원아 60여 명 복통 대란〉

서울 송파의 유치원.

민규가 돌았던 지역이었다. 다행히 박하유치원의 이름은 나오지 않았다. 민규의 말을 들었든지, 아니면 먹었으되 별 탈 없이 지나갔든 둘 중 하나였다. 패류 독소가 있다고 해서 모든 사람이 탈이 나는 건 아니기 때문이었다.

"푸하아!"

뒤에서 들리는 종규의 숨소리는 여전히 씩씩했다. 귀를 기울였다. 점점 편안해지는 숨소리. 지상에서 가장 아름다운 음악이 거기 있었다. 오늘 밤은 걱정 없이 잘 자도 될 것 같았다.

'수막 창.'

종규의 수막을 보며 수막 창에 이름을 붙였다. 장상군이 편작에게 주었던 상지수. 그 물을 마시면 인간의 오장육부를 들여다볼 수 있게 된다. 재료의 속살을 보는 선별안에 체질을 읽어낼 수 있는 리딩 파워. 그 신비가 서린 수막 창에 딱 어울리는 이름이었다.

—상지수창.

명명식이 끝났다.

종규야.

동생 얼굴을 바라보며 다짐을 했다.

그동안 힘들었지?

형에게 내린 기적이 콩가루 신기루가 아니라면…….

형이 니 병 꼭 고쳐줄게.

최고의 약선요리사가 되어줄게.

그런 다음에 우리도 폼 나게 한번 살아보자.

남들처럼 인정받고 좋은 일도 많이 하면서.

띵띵!

그 소리 한번 요란하게 내보자.

"……!"

눈을 뜨고는 또 한 번 놀랐다. 첫새벽이었다. 밤 열한 시면 잠들고 아침 일곱 시나 되어야 겨우 일어나던 민규였다. 그 일상다반사가 하루아침에 깨져 있었다. 어젯밤, 정신 줄 놓은 채 자정을 넘겼다. 그리고 겨우 눈을 붙였는데 새벽처럼 깬 것이다. 부담 같은 것도 없었다. 오늘은 또 어떤 극강의 편식쟁이를 만나 시달릴까가 아니라 어떤 편식쟁이든 만나서 요리 실력을 확인하고 싶었다.

"푸아하!"

아래로 내려와 종규 숨소리부터 체크했다. 낡은 침대 앞에 무릎을 쪼그린 채 귀를 대고 들었다. 어젯밤보다도 숨소리가 고르게 들렸다.

이 숨소리에 쇳소리가 심해지면 하늘이 노래지던 민규. 가뜬하게 주방으로 향했다.

'모닝커피…….'

차를 타는 손도 미친 듯이 떨렸다.

톡!

단 한 방울, 순류수의 강림이었다. 초자연수 중에서 가장 순한 순류수에는 태초의 정적이 깃들어 있었다. 과연 그 물로 내린 커피는?

'대박!'

첫 모금부터 눈알이 터질 것만 같았다. 커피 맛을 최고로 올려주는 풍미였다.

다닥다닥!

타다닥!

아침 요리가 시작되었다. 순류수 커피 덕분인지 칼질은 음악처럼 경쾌했다.

정화수로 씻어낸 식재료들은 유기농 텃밭에서 갓 거둬들인 듯 싱싱하게 살아났다. 율무를 씻어 담그고 현미도 씻었다. 천리수를 소환해 목이버섯을 담갔다. 천리를 달려온 기를 녹여 종규 폐에 낀 때를 뻥 뚫어주었으면 하는 바람을 실었다. 그 모습이 거울에 비쳤다.

'나 이렇게 진지해도 되는 거야?'

거울 속의 모습이 낯설었다. 하지만 그 어느 때보다도 여유가 깃든 얼굴이었다.

그때 작은 노크 소리가 들렸다.

'이 시간에?'

올 사람은 없었다. 친척이라고는 이모 한 사람. 하지만 이모는 몸이 성치 않은 데다 해초 도매상을 하던 이모부가 일본 거래처 '료심'에게 뒷통수를 맞아 부도가 나는 통에 나들이할 형편이 아니었다. 그렇기에 얼굴 본 지도 오래된 상황이었다.

똑똑!

소리가 다시 이어졌다.

"……?"

가만히 문을 연 민규, 두 눈을 슴벅거렸다. 옥상에서 서성이는 건 주인아줌마였다.

"왜요?"

민규가 손을 닦으며 물었다. 방세를 줬으니 꿀릴 것도 없었다.

"아침부터 미안……."

아줌마는 얼굴부터 붉혔다.

"괜찮습니다. 말씀하세요."

"우리 상아 말이야……."

"아, 상아. 어제 어땠어요?"

"괜찮았어."

아줌마가 웃었다. 그러고 보니 보채는 소리도 들리지 않았었다.

"그래서 말인데… 미안하지만 어제 먹은 그 샐러드 좀 더 안 될까? 애가 눈 뜨더니 그것부터 찾는데 내가 냉장고에 있는 재료로 만들어줬더니 입도 안 대네."

"잠은 잘 잤어요?"

"잘 자다뿐이야? 지 아빠랑 뛰어놀기도 했어. 다른 때처럼 숨도 별로 안 차고……."

"오, 예!"

민규가 주먹을 불끈 쥐었다.

"저기 이거… 얼마 안 되지만 재료비에 보태고 좀 부탁해."

아줌마가 내민 건 5만 원이었다.

"돈은 필요 없어요. 어제 사 온 재료가 남았거든요."

"아니야. 벼룩도 낯이 있지 한두 번 얻어먹은 것도 아니고."

"그럼 반땅해요. 사실 그 전의 요리들은 상아가 잘 먹은 것도 아니니까요."

"그럴까?"

아줌마가 좋아했다. 주인집 형편도 그리 넉넉하지 않은 까닭이었다.

아줌마를 보내고 호박샐러드를 함께 준비했다. 그사이에도 종규의 대나무통밥 재료들은 부풀고 살아나 고유의 향과 색이 조화를 이루고 있었다.

'어디 보자…….'

대나무 통에 재료를 채운 민규가 종규를 돌아보았다.

'응?'

민규가 고개를 들었다. 어제와 같은 분량의 재료건만 어제와 달랐다. 종규 몸에 어리는 상지수창의 빛과 색감이 맞지 않는 것이다.

일부 재료를 줄였다. 그제야 종규의 상지수창과 식재료의 색조가 같아졌다.

'몸 상태가 변했다.'

긍정의 감이 왔다. 그렇기에 식재료 양이 줄어든 것이다.

변증용선, 변증시선.

약선은 개인별 맞춤식이다. 그 개인 안에서도 달라지는 상황에 대한 재료의 가감이 필요했다. 그것도 모른 채 주야장천 일방통행을 한 민규였다.

'우어어.'

사람 잡을 뻔했네.

상상만으로도 등골이 오싹해 왔다.

"오빠!"

주인집 벨을 누르자 상아가 튀어나왔다.

"안녕?"

민규가 웃었다. 상아가 두 손을 내밀었다. 가져온 샐러드를 달라는 것이다. 앙증맞은 입술은 벌써 옥침이 가득했다.

"잠깐."

상아부터 체크했다. 상아의 스펙트럼과 샐러드의 색감도 약간의 차이를 보였다. 몇 가지 재료를 빼서 색감을 맞춰주었다.

"맛있었어?"

민규가 물었다. 상아는 얌전한 표정으로 고개를 끄덕였다.

"천천히 잘 먹어. 나중에 오빠가 또 해줄게."

샐러드를 인계했다. 민규가 만들었지만 이제는 상아의 것이었다.

"고마워. 총각!"

아줌마가 뒤에서 웃었다.

"별말씀을……."

가벼운 걸음으로 계단을 올랐다. 계단이 아니라 구름을 밟는 기분이다. 이 마음을 누가 알까? 요리사의 보람은 요리에 있었다. 누군가 내 요리를 잘 먹어주면 행복 지수가 팍팍 오른다. 그걸 먹고 행복해하면 행복 지수가 상한가를 친다. 그걸 먹고 병까지 낫는다고 하면 지수는 하늘을 뚫는다.

'이제 종규 차례.'

뿌듯한 마음으로 문을 열었다.

'응?'

민규가 동작을 멈췄다. 종규였다. 언제 일어났는지 대나무통

밥이 익어가는 찜기 앞에 앉아 코를 벌름거리고 있었다.

“어, 형?”

기척을 느낀 종규가 돌아보았다.

“배고프냐?”

“아니, 고프다기보다…….”

“냄새가 땡기지?”

“응? 응… 이상하네. 형 약선 솔직히 존나 맛없었는데…….”

“뭐야?”

“형이 진짜 대오 각성하긴 했나 봐. 아니면 재료에 천 년 묵은 산삼 가루라도 묻혀 왔든지. 나 진짜 오랜만에 편하게 잤어.”

종규가 웃었다. 매가리 없던 미소에 파릇함이 실렸다.

짜식.

형은 안다.

그래서 미치도록 고맙다.

머릿속 생각과는 다른 말로 받아쳤다.

“천 년 산삼이 아니고 이 형님 실력이시다.”

“흐음. 레알?”

“마셔봐라.”

민규가 물컵을 내밀었다. 한 방울의 정화수로 바꿔 버린 물이었다.

“오!”

물을 마신 종규 눈이 휘둥그레졌다.

"죽이지?"

"어디 가서 약수 떠왔어? 생수랑 맛이 달라."

"이 형님이 이제 물도 요리하신다."

"또 구라 시작이다."

"이래도 구라냐?"

민규가 찜통을 열어젖혔다. 그러자 대나무의 싱싱한 향을 더해 약선을 완성해 낸 천리수와 요수의 푸근한 냄새가 진동을 했다.

"우와, 냄새 죽인다."

"먹어라. 한 톨도 남기지 말고."

대통의 한지를 벗겼다. 통 속에 갇혀 있던 식재료의 향들이 하르르 하르르 맛김으로 올라왔다. 약선이지만 푸근하기 그지없이 부드러운 향. 알록달록한 자태 속에 모락거리는 김은 노골적인 유혹에 다름 아니었다.

꿀꺽!

종규 입으로 옥침이 넘어갔다. 늘 찌뿌둥하게 시작하던 아침. 식사만 보면 제어할 수 없는 불쾌감과 답답함이 사슬처럼 조여오던 시간. 그러나 지금은 몸이 대나무통밥을 원하고 있었다. 중력에 끌려가는 물체처럼.

"후아, 후아!"

종규는 숨을 몰아쉬며 대나무통밥을 먹었다. 목이버섯배추볶음도 주체하지 못했다. 순식간에 뚝딱 식사를 해치운 종규. 후식으로 마신 물 또한 비위를 쓰다듬는 듯 편안하기 그지없었다.

"어떠냐?"

“별 다섯에 네 개 반!”

종규가 응수했다.

“짜네. 다섯 개 다 주면 안 되냐?”

“형 미래를 위해서 반은 남겼어.”

“숨 쉬어봐라.”

“안 돼. 힘들어.”

“응?”

“배가 만땅 찍었잖아? 숨도 제대로 못 쉬겠네.”

“그렇게 맛있었냐?”

“그게 말이지… 뭐라고 설명해야 하나? 이런 걸 맛이라고 하면 천박한 표현이 될 것 같고… 끌린다고 하나? 어제는 긴가민가했는데 오늘은 확실히 알 것 같아. 형이 잘 쓰는 말을 빌리면 식욕이 목을 조른다고나 할까? 저것 좀 먹어줘, 먹어줘 하고.”

“진짜?”

“응, 정식으로 인정. 우리 형 약선요리사 맞다.”

“또 그 소리. 나 자격증 다섯 개나 있는 사람이거든.”

“뭐 자격증이 요리하는 건 아니니까. 아무튼 형, 이거였어.”

종규가 엄지를 세워 보였다.

“아, 이 짜식 진짜…….”

종규를 안아버렸다. 사실은 눈물이 날 것 같았다. 어떻게든 최선을 다해 돌보려던 종규. 그러나 마음처럼 되지 않았던 현실. 이제야 민규가 꿈꾸던 그림에 가까워지니 가슴이 울컥해지는 민규였다.

“조심해서 다녀. 파이버 꼭 쓰고.”

옥상 난간에서 종규가 소리쳤다. 동생의 배웅이다. 특별할 것도 없다. 하지만 민규에게는 천사의 배웅처럼 특별했다. 저렇게 씩씩한 소리를 들은 게 몇 년인지 기억도 없는 까닭이었다. 파이버 끈을 조이고 볼을 한번 꼬집어보았다. 돼지게 아팠다.

'좋네.'

눈물을 글썽이며 웃었다. 아파서 행복했다. 몸서리치게 뿌듯한 이 현실이…….

5. 기량 폭발

띠링띠링!

네거리를 지날 때 핸드폰이 울었다.

식의감 사장이었다. 받지 않았다. 운전 중에는 통화를 하면 안 된다. 기분 나쁜 인간과 통화하는 건 더욱 그렇다.

띠링띠링!

전화는 계속 울렸다. 아예 알람을 꺼버렸다.

'설마 100만 원 게워놓으라는 건 아니겠지?'

그러고도 남을 인간이다. 찜찜한 마음을 달래며 식의감에 닿았다.

"이 셰프으으!"

현관 앞에서 사장이 두 팔을 흔들었다. 표정을 보니 애정이 철철 넘쳐흐른다.

'뭔가 또 잘못됐군.'

지나친 애정 표현. 그건 부담의 증표였다. 꿍꿍이가 없다면 저 얼굴에서 저런 표정이 나올 리 없었다.

"왜 전화 안 받아? 내가 몇 번을 했는데?"

사장이 한달음에 다가와 코맹맹이 소리를 작렬했다.

"그랬어요? 주머니에 넣어두었더니……."

준비한 시치미를 뚝 떼어주었다.

"머리 좀 봐라. 빨리 손질해. 지금 기자들이 기다리고 있어."

"기자요?"

"뉴스 못 들었어? 어제 송파에서 미더덕 폭탄이 터졌잖아? 그런데 이 셰프가 별빛유치원에서 미더덕 안 좋다고 먹지 말라고 했다며? 거기 식자재상이 열한 군데 유치원에 납품했는데 별빛유치원만 무사하대. 다른 유치원은 죄다 응급실행."

"그래요?"

"아, 그런 일 있으면 나한테 얘기 좀 해주지 말이야. 이게 다 회사 살리는 길이잖아?"

"……."

"어이쿠, 저 양반들 죄다 기어 나오네. 하여간 특종 좋은 건 알아가지고. 여깁니다. 여기요!"

사장이 기자들에게 손을 흔들었다.

"별빛유치원에서 제보를 받았습니다. 미더덕에 문제가 있다는 걸 알려줘서 참사를 막았다고요?"

"미더덕에 패류 독소가 있다는 건 어떻게 안 겁니까?"

기자들은 질문 공세부터 날려 왔다.

"자자, 이쪽으로 이쪽……."

사장이 다가와 민규의 위치를 잡아주었다. 회사 현판이 보이는 각도였다.

"제가 미더덕 좀 볼 줄 알거든요. 어제 그 미더덕에서는 싸한 느낌이 났습니다. 그래서……."

답은 대략 얼버무렸다.

척 보고 알았습니다.

그렇게 말할 수는 없는 노릇이었다.

"보기만 해도 패류 독소를 구분한다는 겁니까?"

"구분은 이게 했죠."

민규가 손가락을 들어 보였다. 거기 은반지가 보였다. 엄마가 남기고 간 은반지가 거기 있었다. 은반지로 독소 감별. 대략 말이 되는 일이었다.

"오!"

기자들이 감탄을 토했다.

"요리 경력은 얼마나 됩니까? 이전에도 이런 경험이 있습니까?"

"다른 건 몰라도 식재료의 선도는 웬만하면 구분해 냅니다. 다행히 조리사 선생님이 제 조언을 받아줘서 사고를 면하게 되었군요."

"패류 독소가 문제되고 있는데 주의점에 대해 한 말씀 해주시겠습니까?"

"패류 독소는 주로 홍합, 굴, 바지락, 가리비, 미더덕 등에서 검출되는데 그 기준은 홍합입니다. 다른 패류보다 4배 이상 독소를 축적하는 특성이 있거든요. 이런 패류 독소는 수온 15~17도를 좋아하는데 지금 바다 수온이 딱 그 수준입니다. 그러다 20도가 넘으면 사라지니 그때는 섭취에 문제가 없습니다. 다만 이 독소는 냉동하거나 끓여도 독이 완전히 파괴되는 게 아니라서 냉동했다가 드시는 것도 금기입니다. 모두 폐기해야 합니다."

"완전히 전문가 수준이시군요. 인터뷰 고맙습니다."

"와하핫, 우리 식의감 전속 셰프들은 보통 이 정도 수준입니다. 나오신 김에 우리 회사에 대해 궁금한 건 없습니까? 다른 감동 에피소드도 많은데……"

사장이 끼어들었다. 기자들은 민규만 챙기고 취재 차량으로 떠나 버렸다.

"아, 짜식들. 저러니 기레기 소리 듣지. 기왕 나온 거 유치원 편식 기사까지 취재해 가면 얼마나 좋아. 국민들 알 권리도 충족시켜 주고."

사장이 혀를 찼다. 사장을 두고 안으로 들어갔다. 옆에 있어 득 될 게 없는 인간이었다.

"조 셰프님."

믹스 커피 한 잔을 내밀었다. 순류수를 소환해 탄 커피였다.

"어?"

맛을 아는 조 셰프, 첫 모금을 넘기더니 고개를 들었다.

"맛있죠?"

"그러네? 어디 회사 거야?"

"조 셰프님 위해서 특별하게 비율 맞춘 겁니다. 비율은 비밀이고요."

민규가 웃었다.

"이 셰프."

뒤따라온 사장, 민규의 어깨를 잡더니 무한 애정을 작렬시켰다.

"잘했어. 셰프라는 게 그저 요리만 한다고 되는 게 아니지. 어린이들 목숨을 구했잖아?"

"목숨까지는……."

"다들 이 셰프 좀 본받으라고. 내가 어제 보너스 100만 원 왜 하사했겠어? 누구든 이렇게 일하면 100만 원 아니라 500만 원, 1,000만 원 보너스도 지불할 용의가 있다는 거야."

그 틈에 또 생색신공이 시전되었다. 더 있다가는 귀가 오염될 거 같아서 책상으로 비켜났다. 일장 연설을 마친 사장이 또 다가왔다.

"이 셰프."

"예."

"미안하지만 오늘 요양병원 환자 한탕 더 어때?"

"예?"

"마 셰프 말이야, 내가 그렇게 밀어주는데 무책임하게도 펑크 내고 결근이야. 오후로 시간 잡아줄 테니까 부탁 좀 해."

"요양 파트 출장은 처음인데요?"

"요양식은 요리 아니야? 원래 약선요리 하고 싶다며? 궁중붕어찜하고 궁중연근죽이라던데 할 줄 알지? 자격증이 다섯 개나 되니 그 정도는 문제없어."

"……."

"88세 미수(米壽)라는데 오늘이 생신이라는군. 환자가 찾는 음식이래. 가족들이 집으로 모시고 와서 저녁 한 끼 제대로 먹이고 싶은가 봐. 금수저 집안이라 궁중요리 제대로 하는 사람 아니면 안 된다고 해서 마 셰프 밀었거든. 다행히 어제 송파 미더덕 사고 막은 영웅 이 셰프를 대신 보낸다고 했더니 허락하더라고."

"……."

"암 말기라는데 요양원 환자들 알잖아? 어차피 음식 잘 못 먹으니까 어떻게든 모양만 대충 갖춰봐. 출장비는 세 배로 쳐줄게. 식재료는 그쪽에서 알아서 준비한다고 했으니 부탁해."

모양만 대충?

개자식. 니 부모한테도 그러냐?

쌍욕이 입에 맴돌았지만 목구멍으로 넘겨 버렸다.

세 배.

그동안 존재감 없던 민규의 위상을 고려하면 나쁘지 않았다. 하지만 민규는 이제 그 존재감 없던 때와 달랐다.

"이제 저 인정하시는 겁니까?"

분위기 타고 위상 정립에 돌입했다.

"당연히 인정하지. 내가 이 셰프만은 우리 회사 프랜차이즈 셰프로 키울 생각이야."

구라가 또 하늘을 찌르기 시작했다.

"그건 됐고요, 오늘 일 잘 끝나면 저도 하루 두 건씩 배정해 주십시오."

"하루 두 건?"

사장 눈알이 커졌다.

하루 두 건.

식의감에서 잘나간다는 상징이었다. 하루 두 건이면 주말 빼고도 한 달 40여 건이다. 출장비만 해도 400여만 원이 되는 것이다.

“좋아. 별문제 없는 한 밀어주지.”

사장이 딜을 받았다.

오후 늦게 물 분석 선약이 있는 민규. 잘하면 시간을 맞출 수 있을 것 같았다.

유아에서 어르신으로.

70년 이상의 시간을 오가는 요리가 필요해졌다.

그런데…….

궁중붕어찜과 궁중연근죽.

‘土형 체질 아니면 木형 체질.’

식성만으로도 손님의 감이 왔다. 토형이라면 몸이 찾는 것이고 목형이라면 몸을 해치고 있는 중이었다. 사람은, 이상하게도 극과 극을 오가는 경우가 많았다. 심지어는 먹을거리에서도 그랬다.

두 요리에 대한 레시피도 주르륵 떠올랐다.

붕어찜에는 붕어와 닭, 꿩, 돼지고기가 들어간다. 연근죽은 연근가루가 필요했다. 비위가 약해진 토형 체질의 보양식으로는 그만이었다. 연근의 단맛도 그렇지만 갯벌 생물에 속하는 붕어 역시 비위의 보양에 그만이었다.

‘응?’

그러다 문득 골똘해졌다. 재료 때문이었다. 일반 가정집에서는 준비하기 어려운 두 가지 재료…….

'기왕이면 제대로.'

민규의 머리가 희귀한 두 재료를 구할 수 있는 곳을 탐색하기 시작했다.

햇살유치원.

오늘 편식 당첨자는 여자아이였다. 이름은 박나영. 얼굴을 보니 심통이 잔뜩 나 있었다. 고마운 건 그 심통에도 상지수창이 보인다는 사실이었다. 체질은 水형이었다. 신장에 방광이 좋지 않으니 다른 장기도 그리 쿨하지는 않았다. 아이들 건강은 주로 신장이 좌우하기 때문이다. 미각은 아이들에게 흔한 A급, 小食에 소화 능력은 중간으로 나왔다.

"이거……."

응대를 맡은 조리사가 나영의 정보지를 내밀었다. 원장은 구청 회의 참석차 자리를 비웠으니 조리사가 과정을 지켜보게 되었다. 가재는 게 편이니 대충 때워도 되겠다고? 천만의 말씀이다. 경험에 의하면 이런 경우가 더 무서웠다. 동종 갑질의 공포, 당해본 사람만 안다.

"괜찮습니다."

점잖게 사양했다. 자신감의 피력이기도 했다.

"재료는 여기 있어요."

조리사가 채소가 든 바구니를 가져왔다. 민규의 손이 식재료로 옮겨갔다. 오이와 몇몇 채소, 토마토에서 저급품을 골라냈다.

겉보기는 우수하지만 문제가 있었다.

"왜요?"

조리사가 물었다.

"문제가 있는 것 같아서요."

오이를 깎아 허리를 베어주었다. 그걸 받아 문 조리사가 인상을 팍 구겼다. 니 맛도 내 맛도 아닌 오이였다. 토마토 역시 선명한 색깔과는 달리 맛은 무미했고 일부 채소는 씹어보니 소독물 냄새가 났다.

"어머!"

조리사는 어쩔 줄을 몰랐다. 맛을 보기 전에는 죽었다 깨어나도 알 수 없는 일. 그 작태(?)신공을 민규가 저지르고 있었다.

"다른 건 괜찮은 건 같으니 그냥 쓰겠습니다."

"……!"

그때까지도 조리사는 눈만 멀뚱거릴 뿐이었다.

"박나영."

민규가 주인공과 눈높이를 맞췄다.

"흥!"

첫인사가 콧방귀였다. 나영이는 까칠했다. 텃세라도 부리는 듯 민규를 째려볼 뿐이다. 그러다 입에 손을 대며 하품을 했다. 잦은 하품, 수형의 몸이 건강하지 않을 때 보이는 현상이기도 했다.

"요리사 선생님이 부르시잖아?"

조리사가 주의를 환기시키지만 나영의 입은 폭풍 삐죽거릴 뿐이었다. 완전하게 어긋난 주파수. 이것부터 살짝 맞춰놓아야 했다.

"선생님이랑 재미난 놀이 해볼까?"

민규가 방울토마토 바구니를 당겼다. 순간 테이블 턱에 걸리면서 토마토가 쏟아졌다. 순식간에 일어난 일. 토마토는 나영이 앞에서 와르르 굴러떨어졌다. 나영의 뾰족한 각을 토마토가 무너뜨렸다. 귀여운 토마토들의 위기. 어린아이이기에 그것까지 외면하지는 못했다.

"미안, 같이 좀 주워줄래?"

민규가 허둥대자 나영이 일어섰다. 테이블 아래는 작은 나영이 맡았다. 민규가 바구니를 대주었다. 나영이 주우면 민규가 받았다.

"고마워."

민규가 웃었다.

"괜찮아요."

나영이 의젓하게 손을 털었다. 심통이 가신 얼굴은 아니지만 한결 나았다. 그걸 노리고 일부러 쏟아버린 민규였다.

"그럼 놀이 시작?"

긴장을 풀었으니 본론을 이을 차례였다.

"……."

나영은 대답하지 않았다.

"나영이 단 거 좋아하지?"

"아니요."

"참외 좋아할 거 같은데?"

"……."

나영은 여전히 도리질로 맞섰다.

"음, 고구마도 잘 먹고 어른들도 잘 못 먹는 낙지도 먹을 거 같은데?"

"……."

이번에도 고개만 젓는 나영.

"얘, 참외 킬러예요. 다른 과일은 잘 안 먹어도 참외는 주는 대로 다 먹어요. 집에서는 한 번에 세 개를 먹는 적도 많다네요."

확인은 옆에 있던 조리사가 해주었다.

"조리사 선생님한테 물어본 거 아니잖아요?"

나영이가 선을 긋고 나왔다.

"좋아. 그러니까 묻는 말에 답해봐. 하지만 수박은 잘 안 먹지?"

민규가 수습에 들어갔다.

"수박은 맛없어요."

"짜서."

"어, 그거 어떻게 알아요?"

나영이 처음으로 호감을 보였다. 조리사 고개가 갸웃 돌아갔다. 수박이 짜다니? 달고 시원한 게 수박 아닌가?

수박은 짜다.

오행에서 수에 속한다. 그래서 짠 기운을 머금고 있다. 보통 사람이라면 모를 수도 있지만 나영이는 어렸다. 섬세한 미각이 수박의 짠 기운을 아는 것이다.

"왜 몰라? 내가 셰프인데."

"쳇, 우리 조리사 선생님은 모르거든요. 담임 조은숙 선생님도 모르고 원장 선생님, 원감 선생님도 몰라요. 그것도 모르면서 야단만 쳐요."

"……!"

나영의 조목조목한 항변에 조리사가 뻘쭘해졌다.

"넌 짠맛이 싫지? 그래서 김이나 미역 같은 거 싫고. 치즈와 새우젓 같은 것도?"

"네, 난 그런 거 다 싫어요. 난 단맛이 제~ 일 좋아요."

나영이 푸짐한 손짓을 그리며 소리쳤다.

"고기 중에는 소고기, 과일 중에는 참외, 채소는 신맛 씻어낸 묵은 김치."

"우와!"

나영의 입이 벌어졌다. 그녀는 더 이상 각이 매운 까칠소녀가 아니었다. 나영보다 더 입이 벌어진 건 조리사였다. 힐금 담임이 건네준 쪽지를 보았다. 나영의 편식 목록이었다. 민규는 이걸 받지 않았다. 그런데도 커닝이라도 한 듯 척척 맞혀내고 있었다.

'몰래 훔쳐본 건가?'

아무래도 믿기지 않았다.

"그런데 말이야, 나영이는 사실 짠맛이 필요하거든."

"왜요? 짠맛은 몸에 해롭다고 엄마가 그랬어요."

엄마.

그 단어에서 나영의 목소리에 브레이크가 걸렸다. 애잔하다.

"그럼 이 중에서 짠맛이 뭘까?"

민규가 채소 바구니를 당겨놓았다.

"이거, 이거 이거……."

나영이는 짠맛 재료를 기가 막히게 골라놓았다. 수박, 미역, 다시마, 명란젓, 치즈 등을 짚었으니 웬만한 주부보다 나았다.

"선생님이 마술 보여줄까?"

비즈니스에 돌입했다. 아이들과의 케미 형성에 놀이만큼 좋은 게 없다.

"무슨 마술요?"

"맛의 마술. 이 마술은 맛이 막 변해요."

"거짓말."

"두고 보면 알지. 이거 짠맛?"

민규가 물미역을 들어 보였다.

끄덕!

나영이 고갯짓으로 답했다.

"하지만 이제 곧 단맛이 될 거야."

여섯 개의 물컵을 만들어 여섯 초자연수를 구현했다. 그 물컵들에 햇살이 쏟아졌다.

"우와, 꼬마 무지개가 보여요. 나 무지개 봤는데."

나영이 엉덩이를 들고 물컵을 만졌다.

"진짜 무지개 봤어?"

"네, 그전에 우리 엄마 안 아플 때 공원에서 봤어요."

"나영이 엄마가 아파?"

"네, 우리 엄마 아파요. 그래서 병원에서 살아요."

씩씩하던 나영이 목소리에 균열이 생겼다. 엄마라는 단어에 생기던 애잔한 브레이크. 그 이유를 알 것 같았다. 첫 물컵에 작은 물미역을 넣었다. 마법사 같은 손놀림 후에 미역을 꺼내 들었다.

"자, 무지개 먹고 단맛으로 변한 미역입니다."

"미역은 비린내도 나는데……."

"무지개 속에서 나온 무지개는 그런 냄새 안 나거든요."

민규가 웃었다. 단맛 탱글한 정화수로 물들인 미역이었다. 비린내 따위가 붙어 있을 리 없었다.

"아!"

나영이 입을 벌렸다.

"어때?"

"안 짜요."

"한 번 더."

또 다른 재주를 부린 후에 은근슬쩍 많은 양을 물려주는 민규. 그걸 넘긴 나영이 박수를 치며 일어섰다.

"진짜 단맛이 나요."

"수박도 단맛이 나라, 얍!"

이번에는 자른 수박을 세 번째 물컵에 넣었다. 그걸 문 나영이 또 한 번 감탄을 터뜨렸다.

"안 짜요."

기세를 몰아 채소도 한 쪽 물려주었다. 오이를 필두로 시금치와 당근, 상추와 깻잎도 먹였다. 나영은 마술게임에 낚여 주는 대로 넙죽넙죽 받아먹었다.

"어때? 선생님의 맛 마법?"

"재미있어요."

나영이 대답했다. 채소를 정돈하며 깻잎을 물었다. 화한 냄새는 거의 나지 않았다.

"그럼 이제 요리 마법으로 바꿔볼까?"

"네!"

나영이의 경계심은 완전히 풀렸다. 이쯤 되면 채소를 깨끗이 씻어 마와 검은콩가루 소스를 만들어 뿌려 먹여도 될 일. 그러나 마음에 무지개로 떠오르는 단어가 있었다.

—맛은 마음으로 깨달아야 한다.

약선 조리의 대원칙.

더구나 어린아이에게 바치는 음식이었다. 정성을 다하지 않으면 약선요리가 아니었다.

주제는 신김치채소치즈김말이튀김. 김치는 정화수 떨군 물에 씻어 신맛을 빼놓았다. 신맛 빠진 김치. 나영이의 상지수창 분위기와 잘 맞았다. 아이가 좋아하는 식재료였으니 잘 따라준 데 대한 보답이었다.

채소는 시금치와 당근, 우엉을 택했다. 나영이 보는 앞에서 골랐건만 이의 제기는 없었다. 한번 먹어봤기에 거부감이 줄어든 것. 마술의 위력이 큰 역할을 했다. 이것만으로도 편식 치료는 성공한 것과 같았다.

물을 약하게 틀고 시금치를 빠르게 씻었다. 30초 정도 데친 후에 찬물에 헹궜다. 쓴맛 빼기의 정석이다. 채소는 갑작스레 열을 받으면 쓴맛을 분비하는 효소가 비활성화된다. 그걸 건져 헹구면 표면에 묻은 쓴맛까지 달아난다. 이런 정석 플레이는 조리사를 위한 배려였다. 조리사가 메모하는 틈을 타 초자연수를 더

했다. 깻잎을 담갔던 그 물이었다.

재료 준비에 들어갔다. 신김치 줄기에 칼을 넣어 포 뜨듯 분리해 냈다. 당근 역시 돌려깎기로 들기름을 두르고 가볍게 볶았다. 우엉까지 마친 후에 계란 노른자와 흰자를 분리해 두 장의 지단을 만들었다. 명란젓은 막을 제거하고 알만 모아 올리고당을 소량 가미했다. 단맛을 선호하는 나영을 위한 미끼. 오미자나 매실청이 있으면 그걸 써도 무방할 판이었다.

준비가 끝났다.

얇게 포를 뜬 신김치 줄기.

돌려깎아 넓은 면으로 볶아낸 당근.

맛나게 무친 시금치 줄기를 잘라내고 펼친 시금치 잎.

아이보리빛 치즈 두 장.

막을 제거하고 발라낸 핑크빛 명란젓.

맑은 노랑의 계란 지단 한 장.

시리도록 하얀 색감의 계란 지단 한 장.

얇게 포를 떠 간장으로 볶아낸 우엉.

기름의 온도가 오르는 동안 밀가루를 채에 걸러 반죽을 만들었다. 밀가루에도 올리고당을 소량 첨가했다. 김밥은 간단하게 싸졌다. 김에 불 맛을 살짝 입힌 후 밥을 깔고 노란 지단을 올렸다. 그 위에 고소하게 무쳐낸 시금치를 깔고 당근을 올렸다. 다음은 흰 지단에 우엉 차례였다. 마지막으로 치즈를 깔고 그 위에 명란젓 알갱이를 한 줄로 도배. 그대로 말아내 콩가루와 찹쌀

가루를 혼합해 만든 가루 위로 굴린 후 기름에 투하했다.

자자작.

튀기는 소리는 실로폰처럼 맑았다. 김말이 표면이 하얗게 변하며 요리의 끝을 알렸다.

플레이팅.

민규에게 가장 즐거운 시간. 그러나 기본 플레이팅이 원칙이기에 한입 크기로 썰어낸 김말이로 나영의 이니셜을 그려 접시에 담아 내놓았다.

'나' 자를 이룬 김밥 모양에 생뚱맞게 떨어져 있는 김밥 하나.

민규의 최종 세팅이었다.

"와아!"

나영의 엉덩이가 다시 들썩거렸다. 꽃을 잘라놓은 듯한 세팅. 그건 김말이가 아니라 무지개 같았다. 가운데는 빨간 명란젓, 그다음은 노란 치즈, 우엉에 흰 지단, 시금치, 노란 지단. 흰 밥과 김이 차례를 이루니 무지개가 따로 없었다.

"너무 예뻐요."

나영의 박수가 끊이질 않았다.

"무지개는 소원을 들어주거든. 나영이 소원 있으면 먹으면서 빌어."

민규가 웃었다.

"나영이 소원은 엄마가 낫는 거예요."

야무지게 대답한 나영이 민규의 요리 앞에서 두 손을 모았다. 기도 작렬이다. 진지한 모습에 콧등이 시큰해 왔다.

기도가 끝나자 김말이 하나를 집어 들었다.

우물.

조그만 입이 옴짝거리기 시작했다. 나영은 조심조심 맛을 음미했다. 혀를 쏘는 첫맛은 달았다. 튀김옷과 가루에 들어간 올리고당 때문이었다. 다음은 계란 지단. 그것만으로도 고소하기에 단맛의 풍미를 높여주었다. 그 맛이 채소 맛까지 묻어 보냈다. 그 뒤로 치즈 맛이 나왔지만 뜨거운 기름에 살짝 녹아내려 고소함의 극치를 이뤘기에 명란젓의 맛이 도드라지지 않았다. 몇 번 우물거리던 김말이는 나영의 목으로 골인되었다.

"어때?"

조리사가 물었다.

"맛있어요."

나영이 소리쳤다. 하나가 더 입으로 들어갔다. 이번에는 먹는 폼이 더 자연스러워졌다. 맛에 대한 경계심이 사라진 것이다. 하지만 나영이 손은 거기서 멈췄다.

"왜?"

민규가 물었다.

"이거 가져가서 엄마랑 먹으면 안 돼요? 소원은 자기가 빌어야 잘 이루어지는 거잖아요?"

"……."

"……."

놀라운 화두를 던진 나영은 민규의 반응을 기다리고 있었다. 아이들의 생각. 가끔은 어른의 상상을 넘어간다. 나영이가 지금 그랬다.

"이건 나영이가 다 먹어. 재료 남았으니까 엄마 거는 따로 한

줄 싸줄게."

"정말요?"

나영이가 소리쳤다.

"그럼. 그러니까 얼른 먹어."

김말이를 권하고 보너스 요리를 시작했다. 어쩌면 잘된 일인지도 모른다. 엄마에게 주는 김말이는 단맛을 올리지 않았다. 엄마가 혼자 먹을 리 없다. 엄마 생각으로 가득한 나영이 역시 조금 맛이 달라도 뱉지 않을 것이다. 그렇게 되면 진짜 소원이 이루어진다.

나영이의 편식.

편식 타파는 엄마의 소원 중 하나였을 것이다. 적어도 그 소원은 이루어지는 것이다.

"다 먹었어요."

새 김말이가 끝나기 전에 나영이 빈 접시를 들어 보였다. 조리사는 말이 나오지 않았다. 입에도 대지 않던 김을 먹었다. 그 안에는 명란젓에 치즈가 들었다. 당근과 시금치는 믿기지 않게도 다지지 않은 채 통째로 들어갔다. 마음에 들지 않는 재료는 낱낱이 골라내던 나영이가 아니었던가?

"어때? 이제 골고루 먹을 수 있지?"

앞치마를 벗은 민규가 물었다.

"네."

"선생님하고 약속."

민규가 약지를 내밀었다.

"약속."

나영이 손가락을 걸어왔다. 도장을 찍고 복사까지 한 다음에야 약속을 풀었다.

"엄마 김말이는 조리사 선생님께 맡겨놓을 테니까 이따가 찾아가고 이제 친구들에게 가봐."

"선생님 고맙습니다."

나영이 꾸벅 인사를 하고 문으로 달렸다.

"선생님……."

조리사가 민규를 바라보았다. 그녀의 눈동자는 비어 있었다. 유치원 조리실장이지만 12년 경력 차. 그녀 역시 김말이를 시도하지 않은 게 아니었다. 오색 속 모양을 내고 튀김옷에 설탕을 잔뜩 뿌리기도 했다. 하지만 결과는 우엑이었다.

"한번 먹어봤으니까 이제 덜 가릴 겁니다. 담임 선생님에게 말씀하셔서 친구들 앞에서 좀 칭찬해 주라고 하세요."

"그거야 어렵지 않지만 비결이 뭐예요? 요리사가 아니라 식치, 식의(食醫) 같아요."

"오행이라고 들어보셨죠?"

"네."

"나영이는 체질상 수형이에요. 짠 기운이 필요하죠. 그런데 단맛에 익숙해지면서 짠맛을 멀리하게 되었어요. 아마 잘 졸고 하품도 잘했을 거예요."

"맞아요. 졸기 대장이었어요."

"하지만 몸에는 짠 기운이 필요했거든요. 그 맛을 보여준 거예요. 단맛 때문에 선입견이 있었지만 몸은 뭐가 필요한지 알고 있거든요. 일단 섭취하기만 하면 몸이 알아서 반응하니까요."

"아!"

"어느 정도 짠맛에 맛을 들이면 단맛은 피해주세요. 나영이는 단맛에 길들여지면 신장과 더불어 비장과 위장이 나빠질 소지가 있습니다."

"어머, 선생님이 정말 의학 공부도 하시는군요?"

"그럼 평가서 좀 부탁드립니다."

민규가 용지를 내밀었다. 조리사는 원감에게 달려가 동그라미를 받아왔다.

'고물 오토바이 타고 왔길래 무시했더니… 사람 함부로 볼 거 아니네.'

조리사는 멀어지는 민규의 뒷모습에서 눈을 떼지 못했다.

후루룩!

오늘 점심도 컵라면이었다. 자판기 커피도 한 잔 곁들였다. 편의점 안은 아니었다. 작은 공원의 의자를 차지하고 앉았다. 사람들을 보기 위해서였다.

할머니가 지나갔다. 상지수창을 보았다. 여학생이 지나갔다. 그 수막도 확인했다. 스키니진이 잘 어울리는 여자도 보았다. 수막 창은 물론 존재했다. 눈이 마주치는 통에 자기 몸매 훔쳐본 줄 알고 발사하는 레이저도 감수해야 했다. 여기도 수막, 저기도 수막이다. 관음증 따위가 아니었다. 신기해서 감상에 빠진 것뿐이었다.

시계를 보았다. 요양원 환자의 요리 예약은 오후 2시. 아직 시간이 좀 남았다. 똥토바이 시동을 걸었다. 지인이 하는 닭갈비 전문점에 먼저 들렀다. 부탁한 게 있었다. 지인은 기꺼이 그 청을 들어주었다. 약선요리에 필요한 아이템 소품은 그렇게 해결이 되었다.

다음 목적지는 약선박물관이었다. 이 박물관은 약선푸드로 국제적 명성을 날리는 '식치방푸드'에서 만든 요리 전문 박물관이었다. 약선요리에 대한 기억은 빵빵하지만 경험으로 얻은 건 아니라, 확인해서 나쁠 게 없었다.

'응?'

박물관에 들어선 민규가 숨을 멈췄다. 라운지의 중앙에 새겨진 벽화 때문이었다.

〈이윤〉

초상의 주인공은 이윤이었다. 요리의 아버지로 불리는 이윤. 실물 크기의 초상으로 보기는 처음이었다. 환상처럼 본 이후에 보게 되는 초상화. 초상화가 약간 다르긴 해도 기시감 같은 게 전해졌다. 민규가 초상화 손 위에 자기 손을 올렸다.

'이 사람이 이윤…….'

그러니까 전생의 나?

전생 초상화와의 악수. 기분이 기묘했다. 넋을 놓고 있을 때 누군가가 민규의 등짝을 후려쳤다. 돌아보니 마백동이었다.

"어, 마 셰프님."

"뭐야? 이 셰프도 이번 대회에 나가려고?"

"예?"

"약선요리 대회 말이야."

마 셰프가 벽을 가리켰다. 거기 초대형 요리 대회 안내 포스터가 보였다.

"그게 아니고……."

"됐어. 나가는 거야 자유지. 총상금 2억에 대상이 1억이라니 개나 소나 나와서 문제지만 한 가지는 알아두라고. 약선 좀 한다 하면 대다수가 이 대회 노리고 있다는 거."

"……."

"아, 듣자니 오늘 나한테 배당되었던 출장 요리 맡게 됐다고?"

"예……."

"이 셰프가 궁중요리를 알아?"

마 셰프가 빈정을 지르고 들어왔다. 누군가가 그새 정보를 흘린 모양이었다. 헬조선 대한민국, 도무지 비밀이라는 게 없었다.

"예?"

"궁중요리나 약선요리라면 적어도 나 정도 관록은 되어야 넘볼 수 있는 거야. 세계적인 미식가 루이스 번하드를 식탁에 모셔 놓고도 절대 쫄지 않을 자신감 말이야."

"……."

"선배로서 하는 충고인데 괜히 사장 추임새에 놀아나지 말라고. 그러다 요리 망쳐서 어긋나면 보호자들이 손해배상 넣는 수가 있어."

"손해배상이라뇨?"

"유치원 편식 치료만 나가니까 잘 모르는 모양인데 저번에도 김태수 셰프라고, 모로계잡탕 전통요리 출장 나갔다가 먹은 사람이 토하는 바람에 잔치 망쳤다고 600만 원에 합의 봤지 아마?"

"……."

"그럼 또 보자고."

마 셰프는 손을 들어 보이며 입구로 나갔다.

'손해배상?'

풍문은 들었다. 하지만 넘겨들었다. 편식 치료 팀과 요양원 팀은 사무실이 다르기에 실감 나지 않는 일이기 때문이었다.

600만 원.

머리에 얼음을 부은 듯 오싹한 액수였다.

'겁주는 거야 뭐야?'

숨을 고르고 박물관을 돌았다. 각종 요리 고서들이 보였다. 상당수는 복사본에 불과하지만 호기심을 채워주기에는 충분하고도 남았다. 여러 자료를 보다가 손사막의 천금방 일부 자료 앞에 닿았다. 천금방에는 식치 전문 항목이 나온다. 식치 또한 약선에 다름 아니었다.

과실.

채소.

곡미.

조수충어.

네 가지 항목으로 나눠진 영양요법이 쏙쏙 눈에 들어왔다. 재미난 건 그게 다 한문이라는 사실. 그럼에도 내용이 이해가 되는 건? 전생 기억의 입력 때문이었다.

눈이 들어간 자라는 먹지 마라.

눈알이 붉어진 생선은 날로 먹지 마라.

몇 가지 금기를 생각하며 수문사설이 있는 방으로 들어섰다. 수문사설은 숙종과 경종, 영조 대를 살다간 요리사의 책이었다. 여기 경종에게 붕어죽과 연근죽을 올렸다는 기록이 있었다. 그 레시피는 민규 머리에 자리한 정보와 궤를 같이했다.

'대박.'

기록으로 확인하니 더욱 확신이 들었다.

온 김에 정─신─기─혈─진액에 대한 자료로 섭렵했다. 민규의 마음을 끄는 단어는 '정(精)'이었다. 정은 생명의 원초적 물질이다. 이게 없으면 사람은 허깨비에 불과하니 요리의 궁극이 될 수도 있었다.

가장 순수한 정은 쌀에서 얻을 수 있다.

선천지정—보모에게 받은 원천 생명 물질.

수곡지정—음식물로 생긴 영양물질로 후천지정.

생식지정—신장에 저장되어 생식 담당.

장부지정—오장육부에 저장되어 생리학적 기능 담당.

'수곡지정…….'

요리에 관련된 건 수곡지정이었다. 그로부터 생식지정과 장부지정에 영향을 미친다. 이 셋이 튼실해야 선천지정도 소용이 있는 것이니 기본이자 대들보라고 해도 과언이 아니었다.

이윤.

권필.

정진도.

박물관에서 세 전생을 모두 만났다. 초상화는 이윤의 것밖에 없었지만 나머지 둘의 형상도 만난 거나 진배가 없었다. 세 사람의 일생에 대해서도 알게 되었다. 한 사람은 요리의 시조, 또 한 사람은 대령숙수의 시조이자 최고의 식의, 마지막 역시 식치(食治)의 대가이자 명의였던 한의사. 하나같이 레전드의 삶을 살아간 사람들이었다.

내 안에 레전드.

하나도 아니고 셋.

뿌듯한 마음으로 나오다 포스터와 눈이 마주쳤다. 접수 마감은 2주일가량 남았다.

대한민국 최고 권위의 약식 요리 대전.

총 상금 2억, 1등 대상 1억.

대상 수상자 해외 요리 탐방 특전 부여.

세 줄의 문구가 민규 눈을 차고 들어왔다.

대상 상금 1억.

오진다.

최종 결선 9명에만 들어도 500만 원 확보.

지린다.

*　　　*　　　*

"들어오세요."

출장지는 강동구 성내동의 2층짜리 주택이었다. 척 봐도 명당이다. 마당에는 목련나무 세 그루가 있었다. 크지 않지만 야생초와 정원수가 오밀조밀 심어진 목가풍이었다. 한쪽에 돌절구가 보였다. 절구 안에는 괭이 대신 작은 수련이 피었다. 세월을 머금은 돌절구. 아마도 오늘 생일을 맞은 환자의 수집품인지도 몰랐다.

가정부를 따라 안으로 들어갔다. 사모님은 주방에 있었다.

"어머, 굉장히 젊으시네?"

사모님 목소리에 반감이 묻어났다. 출장 요리의 주제는 약선요리. 아마도 노련한 중년 이후의 요리사를 기대했던 모양이었다.

"안녕하세요?"

밝은 인사와 함께 테이블 위에 소지품을 내려놓았다.

"실례지만 약선요리 할 줄 아세요?"

사모님이 정곡을 찌르고 나왔다.

"제 전문입니다."

자신 있게 대답했다.

"하지만 나이로 봐서는……."

"저희가 집안 대대로 대령숙수 혈통이거든요. 염려하지 않으셔도 됩니다."

사모님을 위해 대령숙수를 앞세웠다. 제2생이 대령숙수였으니 완전 사기는 아니었다.

"아버님 드리려는 게 궁중붕어찜하고 궁중연근죽인데……."

"그것도 제 전공입니다."

시원하게 답했다. 난생처음 하는 요리지만 이상하게도 걱정이 되지 않았다.

"어휴, 이제 와서 다른 데 알아볼 수도 없고……."

민규의 사정을 알 리 없는 사모님은 여전히 불안한 한숨을 쉬었다.

"걱정 마십시오. 요리가 마음에 들지 않으면 출장비는 받지 않겠습니다."

"무슨 말이에요? 출장비 100만 원은 이미 입금했는데… 알았으니까 시작하세요. 한번 믿어볼게요."

사모님이 재료를 가리켰다.

'100만 원?'

요리복과 칼을 꺼내던 민규. 액수가 머리를 흔들고 갔다. 출장비는 100만 원, 민규 몫은 30만 원.

'등골 브레이커답게 수수료 겁나게 뜯어먹는구만.'

적어도 5 : 5는 되어야 하는 거 아닌가? 앉아서 70만 원을 꿀꺽하시는 사장의 수완이 존경스러울 뿐이었다.

"죄송하지만 식사하실 분 좀 뵐 수 있을까요?"

지인의 식당에서 얻은 몇 줄기 볏짚 손질을 마친 민규가 사모님을 바라보았다. 볏짚은 소품으로 쓸데가 있었다.

"그건 왜요?"

"궁중요리라는 게 왕의 컨디션에 맞춰야 하거든요. 이쪽 전문용어로 변증용선, 변증시선이라고 합니다만."

"아버님 쉬고 계시니까 그냥 정성껏 만드세요."

사모님은 동의하지 않았다.

"사모님, 신경성 소화불량 있죠? 손과 어깨 관절염도 있고요?"

"뭐라고요?"

사모님이 민규 쪽으로 고개를 돌렸다.

"체질이 그렇습니다. 원래 토마토나 바나나, 콩나물, 도토리처럼 떫고 풋내 나는 음식을 좋아하셔야 하는데 해조류와 돼지고기류의 짠맛 나는 음식을 선호하시다 보니 심포와 삼초를 해쳤습니다. 제가 직방으로 내려가는 약수 제조해 드릴 테니 한번 마셔보세요."

민규가 컵 두 개를 집어 들었다. 정수기에서 물 한 컵을 받았다. 그런 다음 가정부에게 부탁해 볶은 소금을 미량 넣고 빈 컵으로 옮겼다. 옮겨 따르는 낙차는 굉장히 크게 만들었으니 시각적 효과를 노린 퍼포먼스였다.

쪼르륵, 쪼르륵!

물은 청량한 소리를 내며 빈 컵으로 옮겨갔다.

'생숙탕.'

퍼포먼스 과정에 녹여낸 한 방울이었다. 생숙탕은 속이 더부룩한 걸 내리는 데 직방인 초자연수였다.

"드셔보시죠."

"……."

사모님은 받지 않았다. 어이 상실이 깃든 표정이었으니, 민규를 신장개업 홍보 나온 이벤트 걸 대하듯 했다.

"드시고 효과 없으면 군소리 않고 요리하겠습니다."

"이보세요. 내 위장은……."

"물 마셔서 손해날 건 없지 않습니까?"

웃는 얼굴에 침 못 뱉는다. 그 말을 믿고 투철한 서비스 정신으로 버텼다. 사모님은 썩은 미소를 짓더니 컵을 받았다. 그녀는 컵을 절반쯤 비워냈다.

"젊은 분이 재미있네. 일단 연근죽부터 해보세… 응?"

꾸우욱!

사모님이 입을 닦으려는 순간, 그 배에서 비둘기 울음이 들렸다.

꾸룩!

한 번도 아니고 두 번이었다. 그녀의 체면을 고려해 민규는 어깨만을 으쓱거렸다.

"신기하네?"

사모님은 컵을 바라보더니 남은 물을 마저 비웠다.

꾸루룩!

비둘기가 한 번 더 울었다.

"이제 식사하실 분을 좀 뵈어도 될까요?"

"……."

"사모님."

"따라오세요."

비로소 사모님의 마음이 열렸다. 민규는 가벼운 걸음으로 사모님을 따라 걸었다.

딸깍!

큰방의 문이 열렸다. 거기 휠체어가 있었다. 휠체어에 아흔 가까운 어르신이 보였다. 옆에는 아들, 즉 사모님의 남편이 함께 있었다.

"왜?"

아버지 곁에서 옛날 앨범을 넘겨주던 아들이 용건을 물었다.

"아버님 생신상 차릴 요리사신데 먹을 사람을 봐야 요리를 잘

할 수 있다네요."

"사람을 보고 요리한다고?"

아들이 고개를 들었다. 이 아들은 미식가이자 우람은행 지점장이었다. 그가 민규와 인연을 맺는 순간이었다.

"죄송합니다. 요리 재료를 보니 보양식인데 약선요리는 그냥 하는 것보다 개개인에게 맞춤식으로 하는 게 좋거든요."

"다른 요리사들은 대개 그냥 하지 않나요?"

"잠깐이면 됩니다."

"뭐 그럼 기왕 들어온 거니 보세요. 아버지, 오늘 요리를 맡아줄 요리사가 왔어요."

아들이 아버지를 보며 말했다. 늙은 아버지가 천천히 시선을 돌렸다. 그 눈이 민규와 마주치기도 전에 민규는 그의 상지수창을 보고 있었다.

상지수창.

그 사람의 목숨을 닮는 것일까? 척 봐도 금세 꺼질 듯 위태로웠다. 가물거리는 상지수창에서 체질을 읽어냈다.

체질 유형—土형.

담간장—허약.

심소장—병약.

비위장—병약.

폐대장—병약.

신방광—병약.

포삼초—병약.

미각 등급—(S)F.

섭취 취향—小食.

소화 능력—F.

"……!"

결과는 참담했다. 토형 체질. 그러나 비위장이 다운되면서 다른 장기와 기관들도 동반 추락. 정과 신, 기, 혈, 진액도 바닥에 가까워 생이 얼마 남지 않은 것으로 보였다.

그런데…….

미각 등급에 두 개의 등급표가 떠올랐다. 초미식가에 속하는 S와 맹목적 섭취에 속하는 저렴 미각의 F 등급. 이건 무엇을 뜻하는 걸까? 조금 더 집중했다. S는 흔적이고 F는 새로웠다.

'원래는 미식가급이었는데 현재는 미각을 상실해 F라는 것.'

감을 잡았다.

더불어 중요한 건 소화력이었다. 맛을 거의 못 느끼는 것도 그렇지만 小食 먹성인 데다 소화 능력까지 바닥이니 궁중요리가 아니라 용궁요리를 내놓아도 먹을 것 같지 않았다.

그렇다면 오늘의 요리는 자식들의 바람이었다. 건강이 이 지경이니 요양원에서도 일종의 선고를 내주었을 일.

"이 달을 넘기기 힘듭니다."

그렇기에 살아생전 좋아하던 요리 한 상 바치고 싶은 마음이 이 자리를 만든 것이다. 그러나 무리해서 식사를 하게 되면 오장육부의 과부하로 바로 절명할 수도 있을 일.

"어르신."

민규가 시선을 맞췄다.

"……."

"붕어찜 먹고 싶으세요? 연근죽도요?"

끄덕!

어르신은 유치원 아이들처럼 고개를 끄덕거렸다. 의지는 분명해 보였다. 생의 끝 모서리, 보란 듯이 아들을 길러낸 남자의 소망은 붕어찜과 연근죽에 걸려 있다. 먼 옛날 어머니가 해주던 추억의 요리였을까? 그 어머니 만나러 가는 길에 어머니 냄새로 삼아 저승길 찾으려는 걸까? 그것도 아니면, 먼저 간 부인의 요리인 걸까? 청등홍등 밝히던 첫날밤의 새색시. 그 꽃분홍 모습을 잊지 않으려 맛보려는 걸까?

민규가 잠시 알큰한 마음을 느낄 때 어르신이 손을 내밀어 허공을 잡았다.

"왜요?"

아들이 물었다.

"요리사 옆에 뭐가 있어. 셋이나 되는데?"

"있긴 뭐가 있다고 그러세요?"

"셋이야. 나보고 운이 좋다는데?"

"아버지."

그만 나가세요.

아들이 아버지를 살피는 동안 사모님이 민규에게 눈짓을 보내왔다. 민규는 꾸벅 인사를 두고 방을 나왔다.

방정재.

어르신의 이름이었다.

주방에 서서 가만히 웃었다. 사람은 죽을 때가 되면 귀신을 볼 수 있다는 말이 있다. 여러 사안을 종합할 때 방정재의 목숨은 경각이었다. 그렇기에 민규 안에 서린 전생의 흔적을 본 모양이었다.

운이 좋다.

어르신은 정말 그 말을 들은 걸까? 사실 그는 운이 좋은 사람이었다. 마지막 소원으로 남은 붕어찜과 연근죽. 그걸 해줄 사람으로 민규만 한 적임자가 없었다.

요리의 창시자 이윤.

고려 왕조 최상의 대령숙수 권필.

조선 후기 최고의 명의 정진도.

세 전생을 간직한 민규의 손이 붕어를 집어 들었다. 토종붕어다. 궁중붕어찜 요리 과정과 붕어의 특성이 알고리즘으로 떠올랐다. 시작부터 끝까지. 군더더기 없는 최적화 동선이었다.

붕어.

그저 그런 요리 재료가 아니다. 붕어만큼 약선에 좋은 재료도 드물다. 물고기는 원래 불의 속성을 가지고 있다. 그러나 붕어는 흙(土)의 성질이라 비위를 보하고 장을 튼튼하게 한다. 머리는 어린아이의 구내염에 좋고 쓸개는 어린아이의 머릿속에 염증이 생겼을 때 좋다. 수초 사이의 붕어알을 먹으면 간장도 튼튼해지니 건강 종합 세트가 아닐 수 없었다.

붕어는 보통 토종붕어와 떡붕어로 나눈다. 토종은 우리 것이고 떡붕어는 일본에서 온 외래종이다. 당연히 토종붕어가 약성도, 맛도 좋다. 구분은 주로 아래턱으로 한다. 토종은 바닥을 훑어가며 먹이를 먹는 습성으로 아래턱이 들어간 형태다. 떡붕어는 떠 있거나 위에서 떨어지는 먹이를 먹는다. 그런 까닭에 주둥이가 위를 향한다. 즉, 토종붕어에 비해 아래턱이 살짝 길다.

붕어에 대한 모든 것이 민규 안에 있었다.

'좋았어.'

자신감은 백배 상승.

터엉!

도마를 한 번 찍은 칼이 붕어 등을 날렵하게 파고들었다. 마지막 소원으로 남은 궁중붕어찜을 위한 시작이었다. 비위의 기가 완전히 소진된 방정재. 과연 마지막 정찬을 먹을 수 있을까?

'금생수에 수생목하니 목생화하고 화생토하여 토생금이라…….'

오행을 짚어보았다. 음식을 먹으려면 우선 위기가 필요했다. 위장은 비장과 한 세트니 심장의 심기(心氣)가 필요하고 심기의 화력을 위해서는 간기(肝氣)의 지원이 필요했다.

'마늘, 부추…….'

준비된 재료 중에 두 가지가 보였다. 간에 좋은 음식이다. 다른 것은 보이지 않았다. 그러나 이 집은 금수저 수준의 상류층 집. 냉장고 안에 민규가 원하는 게 있을지도 몰랐다.

"혹시 냉장고에 다른 식재료가 있나요?"

사모님에게 물었다.

"몇 가지 있기는 해요. 더 필요한 게 있어요?"

"예. 한번 보여주시면……."

"열어드리세요."

사모님이 가정부에게 지시를 내렸다.

'오!'

냉장고를 본 민규 눈에 밝은 불이 들어왔다. 토마토가 있고 양파가 있고 아스파라거스와 브로콜리, 미나리도 있었다. 냉장고 위의 유리그릇에는 견과류도 보였다. 아몬드와 호두였다. 질도 큰 문제는 없어 보였다.

토마토와 아스파라거스, 브로콜리 등은 심장에 좋다. 아몬드와 호두도 말할 필요가 없었다.

"이것 조금씩 쓰겠습니다."

사모님의 허락을 득하고 여러 재료를 덜어 전처리를 했다. 정화수와 천리수, 요수의 배합물이었다. 속을 시원하게 씻어내는 한편 비장과 위장의 기운을 올리고 식욕을 갖게 하려는 계산이었다.

마늘을 바짝 구워 가루를 내고 아몬드와 호두도 갈아내 채로 걸렀다. 정화수에 담갔던 부추와 브로콜리를 꺼내 적정한 크기로 끊어 믹서에 넣었다. 그런데… 재료의 빛이 사색으로 변했다. 믹서의 폭풍 칼날을 느끼는 것이다.

"혹시 전통 방식 믹서기 같은 거 없나요? 작은 돌절구나……."

가정부에게 물었다.

"확독이라는 게 있어요. 하지만 오랫동안 쓰지 않은 거라……."

"괜찮습니다. 좀 빌려주시겠어요?"

확독은 전통 믹서기의 하나. 그걸 정화수로 부셔 잡티를 없앤 후에 부추와 브로콜리를 갈았다. 재료는 처음 그대로 싱싱하게 갈려 나왔다.

두 재료를 섞어 미음으로 끓여냈다. 물은 요수가 투하되었다. 농도는 따로 맛볼 필요 없었다. 이쯤이다 싶을 때 꺼내자 최적의 상태가 되어 있었다. 두 번 거른 미음. 갓난아이가 먹어도 될 정도로 부드러웠다.

"이걸 먼저 드시게 해주시죠. 드시기 전에 이 물부터 마시게 하시고요."

민규가 쟁반을 내밀었다. 양은 많지 않았다. 잘해야 서너 숟가락이 될 뿐이니 건강한 사람이라면 한입에 털어 넣어도 될 지경이었다. 그걸 받아든 사모님이 방정재의 방으로 향했다. 민규는 슬슬 본격 요리에 돌입할 채비를 갖췄다. 주재료 덮은 천을 시원하게 걷었다.

"저기……."

침묵하던 가정부가 조심스레 입을 열었다.

"왜요?"

"요리는 조금만 하셔도 돼요. 우리 어르신……."

"이때까지 집에 오시면 음식 거의 안 드셨죠?"

"사모님께 들으셨어요?"

"아뇨. 건강 상태가 그래 보입니다."

"맞아요. 내력 있는 집안이라 늘 궁중붕어찜, 연근죽 타령을 하셨는데 한 수저도 제대로 드신 적이 없어요. 그저 입 한 번 대고 끝날 뿐."

"그래서 이렇게 재료가 좋군요? 경험이 있으셔서……."

"사모님이 한두 번 산 게 아니니까요."

"오늘은 드실 겁니다."

"그러면 좋겠네요. 우리 사모님하고 지점장님, 저런 효자 효부 없거든요."

"그럼 더 드시게 만들어야죠."

연근부터 썰어냈다. 말릴 시간이 없으므로 오븐에 넣어 약하게 구울 생각이었다. 그런 다음에 확독으로 갈아내면 될 일이었다.

"약선요리 많이 해보셨어요?"

"솔직히 말하면 경험은 얼마 안 됩니다."

"네?"

"하지만 요리라는 게 짬밥으로 하는 거 아니잖아요?"

"하지만……."

"걱정되시면 확인하고 할까요? 조금 전에 들어간 접시가 비어 나오는지 입도 안 대는지."

"……."

가정부의 안색이 어두워졌다. 젊은 친구의 호기로 여기는 눈빛이었다. 그때 어르신의 방 쪽에서 접시 깨지는 소리가 들렸다.

파장창!

민규와 가정부 고개가 파열음을 따라 움직였다. 지점장이 문을 열고 나왔다. 그 손에 들린 건 깨진 접시 조각이었다.

"지점장님……."

가정부의 목소리에서 생기가 쭉 빠져나갔다.

"셰프님."

지점장의 경직된 목소리가 민규를 겨누었다. 너무 고무되어 있었던 걸까? 내일이 보이지 않던 일상들. 그 일상에 내린 기이한 재주 때문에 제어 불가로 업되었던 자신감. 그 행운이 접시처럼 깨져 나간 것일까?

"셰프님."

지점장의 호명이 한 번 더 반복되었다.

"예?"

"다 먹었습니다."

"예?"

"다 먹었다고요. 우리 아버지께서 이 죽인지 미음인지를 다 먹었다고요."

"……."

"물 마시기 전에는 쳐다만 보시더니 곧 입맛을 다셔요. 그래서 먹여 드렸더니 다 비우시네요. 너무 기쁜 나머지 집사람이 접시를 떨어뜨렸어요. 놀라게 했다면 미안하게 생각합니다."

지점장이 웃었다. 다음 요리에 대한 기대감이 듬뿍 담긴 미소였다.

"우와, 대단해요."

접시 조각을 받아 든 가정부가 환성을 질렀다.

'오, 하느님.'

민규는 그제야 살얼음 위에서 내려왔다. 행운은 여전히 진행형이었다.

—참붕어 5마리, 토종닭, 암꿩, 돼지고기, 자연산 대하 5마리, 생강, 후추, 대파, 마늘, 간장, 된장, 기타 양념류.

커다란 연잎 위에 올려진 재료는 때깔이 좋았다. 참붕어들은 비늘 하나 떨어지지 않은 채 입을 뻐끔거렸고 닭과 꿩의 살도 매끈한 혈색이 돌았다. 백미는 대하. 열 마리 정도의 대하는 절반 이상이나 살아 있었다. 누가 봐도 신선하고 물 좋다고 할 재료들.

하지만!

오늘 민규의 눈은 조금 더 특별했다. 재료의 문제점이 한눈에 보이는 것이다. 붕어 세 마리와 새우 몇은 허접한 재료 쪽으로 던져놓았다. 꿩도 몸통 쪽을 절반 이상 잘라내고, 남은 대하와 돼지고기 재료는 살포시 바구니에서 열외를 시켰다.

"선생님!"

그 모습을 지켜보던 가정부가 기겁을 했다.

"죄송하지만 좋지 않은 재료입니다."

"말도 안 돼요. 사모님이 특별히 부탁해서 구해온 건데……."

"옥에도 티가 있는 법이죠. 잠깐만 기다려 보세요."

민규가 플라이팬에 불을 당기고 버린 재료 몇을 챙겼다. 기름을 두르고 포를 떠낸 붕어살을 올렸다. 대하도 반으로 갈라 함께 팬에 올렸다.

치이익!

두 고기는 노릇하게 구워져 나왔다. 간단하게 소금과 후추로 간을 맞춰 조리사에게 내밀었다.

"드셔보세요."

직접 확인해야 믿는 것. 그게 사람이다.

"……!"

붕어맛을 본 조리사의 얼굴이 심하게 일그러졌다. 흙냄새에 더불어 기름 냄새가 비위를 친 것이다. 입을 헹구게 하고 새우살도 시식시켰다. 그 또한 불쾌한 맛이 진득하게 붙어 있었다.

"어머어머, 세상에……."

가정부의 입이 쩍 벌어졌다. 그렇게 물 좋아 보이던 재료건만 겉과 속이 달랐다.

"이제 이해하시겠죠?"

"예… 그럼 저 재료들은?"

가정부가 다른 재료를 가리켰다. 이제는 걱정이 앞서는 그녀였다.

"다행히 괜찮습니다."

"그런데 새우하고 돼지고기는 왜 빼놓으신 거죠?"

"저 새우는 괜찮지만 새우를 다른 육류와 함께 먹는 건 그리 바람직하지 않습니다. 그리고 소고기 사다 두신 게 있으면 좀 부탁드립니다."

"왜요? 돼지고기가 궁중붕어찜에 필요한 재료라고 해서 맞춰서 준비한 건데?"

"그건 맞지만 어르신 체질하고 달라서요. 어르신은 소고기가 체질 궁합에 좋습니다."

"……."

가정부는 황당한 표정을 지었다. 개의치 않았다. 약선요리는 개인에 맞추는 변증용선에 변증시선. 눈앞 어르신의 체질에 맞춰 요리하는 건 요리사의 의무이기도 했다. 더구나 바람 앞의 등불인 사람이 아닌가?

"어르신 시간 맞춰야 합니다. 혹시 미나리 있으면 좀 부탁하고요."

"알았어요."

붕어와 새우로 검증된 민규의 솜씨. 가정부는 더 이상 이의를 달지 못했다. 소고기가 나왔다. 선물을 받은 것인지 포장도 뜯지 않은 1++짜리 명품 한우였다.

"이거 말고 2~3등급짜리 있으면 부탁해요."

민규가 뻰찌를 놓았다.

"이거 무지 비싸고 좋은 건데……."

또 울상이 되는 가정부.

"비싸다고 좋은 게 아니거든요. 그런 건 마블링이 많아서 구수한 맛이 떨어집니다. 이 붕어에 들어갈 소에는 구수한 맛이 필요하거든요."

"허얼."

가정부는 고개를 젓고 돌아섰다. 그녀가 다시 가져온 건 3등급 한우였다. 기름기 빠진 저지방이라 마음에 들었다.

궁중요리가 시작되었다. 심호흡을 한 민규, 참붕어 중에서 두 마리를 골라 등에 칼을 넣어 갈라냈다. 이 방법은 주로 장어를 가를 때 쓰는 칼질과 같았다. 등뼈를 발라낸 후에 쌀뜨물에 넣어 비린내를 잠재웠다. 물은 정화수를 매칭시켰다.

뒤를 이어 닭과 꿩고기에 대파와 생강, 마늘을 넣어 육수를 만들었다.

'육수…….'

육수에 마음이 갔다. 요리사에게 있어 육수는 또 하나의 무기다. 육수만 제대로 내려도 통하는 게 요리의 세계였다. 초자연수의 장점을 살린 육수는 어떨까? 확인하고 싶은 게 또 하나 늘었다.

마늘은 금형 체질의 식품이기에 분량을 줄였다. 물은 비위를 보하고 식욕을 높이는 요수를 택했다. 뚜껑을 닫기 전에 연잎을 씻어 더했다. 연잎이나 호박잎처럼 넓은 잎은 위장관에서 소화를 돕는 효능이 있었다.

하나하나의 과정에는 군더더기가 전혀 없었다. 게다가 민규는 요리 완전체로 몰입. 가정부는 숨도 쉬지 못했다. 요리에 돌입한 민규의 포스가 가히 압도적이기 때문이었다.

젊지만 노련했고.

쉬지 않지만 부산하지 않았다.

칼질은 연주처럼 보였고.

재료 마감은 조각가의 손길처럼 정성으로 빛났다.

세 전생의 콜라보. 이제 그 셋은 민규 안에서 완전하게 적응하고 있었다. 최소한의 적응 시간, 천지인의 72시간이 지난 것이다.

육수 만들기가 끝나자 고운 망으로 거르고 적량을 덜어 간장과 소금으로 간을 맞췄다. 다음 할 일은 소였다. 꿩고기〉소고기〉닭고기〉의 양으로 다진 후에 미나리와 대파 다진 것을 치대 양념을 맞췄다. 혹시 모를 비린내를 위해서 참기름을 넣으면 좋을 일. 하지만 초자연수를 썼으니 생략하기로 했다.

미나리는 토형 체질 식품으로 올렸고 양을 줄인 마늘을 대신해 정기를 올리는 꿀을 첨가했다. 일반인이라면 좋은 초를 넣는 것도 좋지만 신 것은 간과 비장을 치는 목극토이기에 생략했다.

소는 붕어 속에 채워졌다. 추로수에 담근 볏짚은 여기서 쓰였다. 소가 빠져나오지 않도록 배를 묶어 고정하는 역할이었다. 무명실이나 끈으로 해도 되겠지만 원방의 구현이었다.

다음 과정은 기름 두른 팬에서 노릇하게 익히는 일. 민규가 허리를 숙여 테이블에 놓아둔 포장을 열었다. 거기서 나온 건 무쇠 솥뚜껑이었다. 볏짚과 함께 구해온 도구. 팬과 무쇠 솥뚜껑의 화력 전달 차이는 아주 다른 것이니 한 점의 소홀함도 없는 민규였다.

화력 조절에도 신중했다. 처음이라고 사납게 큰 불로 시작하면 좋지 않다. 이 요리의 주제는 약선. 붕어 안에 들어간 소가 붕어의 일부처럼 만들려면 불도 솥뚜껑도 재료의 한 부분이 되어야 했다.

자작자작!

붕어가 익어갔다. 그때마다 모락모락 피어오르는 붕어의 구수한 향. 처음에는 큰 감흥이 없었다. 그러다 후각과 주파수가 맞는 순간, 치명적인 유혹이 되어 사람을 빠져들게 만들었다. 붕어와 소가 하나가 되어가는 구수함의 화합은 차라리 중독이었다.

알맞게 지져진 붕어가 마침내 찜통으로 입수되었다. 미리 우린 육수를 부어 뚜껑을 덮은 후에 은근한 중탕에 돌입했다. 육수에는 연근가루가 소량 투하되었다. 궁중요리에서는 녹말을 주로 넣지만 이 어르신에게는 비위의 기능을 올리는 연근가루가 갑이었다.

두 번째, 연근죽의 레시피는 간단했다.

연근가루, 엿가루.

두 가지면 오케이였다. 2인 분량을 덜어 물을 부었다.

천리수 한 방울.

생숙탕 한 방울.

물은 이내 초자연수로 변했다. 식사하는 동안이나마 인체가 음양의 조화를 이뤄 평안하기를 바라는 처방이었다.

완성 직전에 비방 두 가지를 첨가했다.

1) 죽물.

2) 꿀.

포인트는 죽물이었다. 따로 쌀죽을 넉넉히 끓이며 작은 종지를 박아 끈적한 죽물을 모아냈다. 한 수저를 맛보니 심심함 속에 신묘한 맛이 녹아 있었다.

"……!"

허준이 말한 정(精)의 신비 체험.

기가 막혔다. 끈적한 죽물은 목 넘김과 더불어 피가 되고 살이 되는 느낌이 들었다. 날마다 밥을 하면서도 몰랐던 쌀의 신비…….

쌀 미(米)자는 쌀이 88(八十八)번의 과정을 통해 태어나는 것을 알려준다. 이른 봄부터 가을까지 알알이 끌어안은 대자연의 기가 정수로 우러난 죽물은 정기 충전의 궁극이었다.

밥심으로 산다는 말은 괜한 게 아니었다. 약선은 결국 정-신

—기—혈—진액을 북돋는 일. 그 핵심이랄 수 있는 정(精)의 죽물을 연근죽에 더해 마감했다. 마무리로 꿀 몇 방울을 가미하니 요리가 완성되었다.

궁중붕어찜, 궁중연근죽.

두 가지 궁중요리가 완성되었다. 붕어가 살짝 잠긴 육수는 붕어와 한 빛이 되었다. 소에서 나오는 김은 고소+푸근+담백함의 절정. 버드나무 작은 줄기에 노란 민들레 꽃송이를 장식으로 마무리하고 덮개를 덮었다.

"와아, 질그릇에 담아내니 진짜 왕의 요리 같은데요?"

가정부가 감탄을 쏟아냈다.

"왕의 요리 맞습니다. 고려 말의 왕들이 즐겨 드시던 요리죠. 다른 것은 여기 버드나무와 꽃입니다. 그분들은 봄이면 진달래와 복사꽃, 여름에는 백일홍, 가을에는 국화, 겨울에는 매화꽃 장식을 좋아하셨거든요. 조선에서는 경종께서도 즐겨 드시던 요리입니다."

"……!"

막힘없는 설명에 가정부가 고개를 들었다. 반신반의하면서도 압도된 표정이었다. 민규는 신경 쓰지 않았다.

'출격!'

세 전생의 능력 입력 후로 처음 시도한 정통궁중약선요리. 그렇기에 소반을 집어 드는 민규도 살짝 긴장이 되는 건 어쩔 수 없었다.

간이 테이블.

그 위에 소반을 놓았다. 덮개를 열었다. 방정재의 시선이 내려왔다. 볏짚이었다. 그의 시선은 누렇게 익은 볏짚에 있었다.

"요리가 나왔습니다. 아드님께서도 함께 드시죠."

원방을 확인시킨 후에야 비로소 볏짚을 풀어냈다.

방정재의 시선이 다시 움직였다. 그의 눈에 붕어찜이 꽂혔다. 연근죽에도 닿았다. 세팅된 수저는 두 벌이었다. 아버지와 아들이 주인이었다. 혼자 먹는 음식이 맛나기는 힘들 테니까.

민규의 시선은 아버지의 목젖에 있었다. 맛은 코로 먼저 느낀다. 그다음이 옥침이고, 그다음이 목젖이다. 코와 침은 민규가 볼 수 없지만 목젖의 움직임은 볼 수 있었다.

그런데!

주륵!

목젖을 대신해 반응한 건 마른 눈물이었다. 방정재의 눈에서 돌연, 눈물이 흐른 것이다.

"아버지."

지점장 목소리가 탁하게 나왔다.

주륵!

눈물은 짧고 굵게 한 방울이 더 흘렀다.

"이거……."

방정재가 지점장을 바라보았다. 눈치만으로도 아버지의 언어를 아는 아들이 붕어찜을 집어 들어 가까이 대주었다.

하르르.

푸근한 감미가 방정재의 코를 따라 들어갔다.

꼴깍!

마침내 방정재의 목젖이 움직였다. 한 번도 아니고 거푸 두 번이었다. 지점장은 질그릇을 놓고 수저를 들려주었다. 실팍한 붕어 살점과 함께 소를 뜬 방정재, 입에 넣고 오래 우물거렸다. 중간에 국물을 떠 넣는 방정재. 그 한 수저가 목을 넘어가는 데는 세 번의 목 넘김이 필요했다.

"후우!"

입김이 나왔다. 길고 부드러웠다. 민규의 요리가 입에 맞는 것이다. 괜히 상기된 민규가 인사를 하고 돌아섰다. 더는 볼 필요도 없었다.

"좀 드세요?"

거실의 가정부가 물었다.

"그런 거 같습니다."

"어쩜!"

가정부의 입이 쩍 벌어졌다. 민규 역시 자부심 폭발이었다. 다 죽어가는 어르신에게 약선요리. 지난주였다면, 요리를 할 수야 있었겠지만 먹을 거라는 확신은 없었을 일이다.

가벼운 마음으로 요리 칼을 챙겼다. 솥뚜껑도 챙겼다. 한참 후에야 사모님이 나왔다. 표정을 보니 식사가 무난히 진행이 된 모양이었다.

"선생님."

사모님이 민규를 불렀다.

"예."

"가시려고요?"

"예, 좀 드셨나요?"

"붕어찜을 다섯 수저나 드셨어요. 국물은 다 마셨고 연근죽도 절반이나……."

콧날 붉어진 사모님 표정은 어느새 우호적으로 바뀌어 있었다.

"저희 아버님이 잠깐 뵙자고 하셔요. 잠깐 들어가실래요?"

"그러죠."

사모님을 따라 안으로 들어섰다. 방정재는 잠시나마 생기가 돌고 있었다.

"잘 먹었네."

방정재의 목소리가 열렸다. 빈 정기가 채워지니 발음도 알아들을 만했다.

"고맙습니다."

"붕어찜, 제대로였어. 내 할머니가 해주시던 그 맛보다도 더……."

'할머니?'

"저희 증조모께서 광나루에서 붕어찜 장사를 하셨다더군요. 그분 오빠가 궁궐 대령숙수 출신이라 정통궁중요리였답니다. 어릴 때 먹어본 그 맛이 그리웠는데 증조모 돌아가신 후로 처음으로 제대로 된 궁중붕어찜이었다고… 특히 그 볏짚… 그걸 두른 붕어찜은 증조모님 이후로 처음이라고 합니다."

지점장이 민규의 이해를 도왔다. 그러니까 증조모는 방정재의 할머니였다. 죽은 증조모와 민규의 매개는 볏짚이었다. 옛날에는 흔하게 사용하던 볏짚. 그걸 보는 순간 마음이 열렸을지도 몰랐다.

"다행이군요."

민규가 답했다.

"요리사 집안에도 궁궐 숙수가 있었나?"

방정재가 물었다.

"예, 몇 분께서 왕의 숙수였다고 합니다."

"역시……."

"원래는 소고기 대신 돼지고기를 넣고 마늘도 더 넣어야 했지만 어르신의 체질 상태를 고려해 소고기로 바꾸고 마늘의 양을 줄였습니다. 아울러 할머니께서는 밀가루를 쓰셨겠지만 저는 소화 능력을 생각해 연근가루를 넣고 연잎을 우려 비위를 편안하게 했습니다."

"오라, 돼지고기 대신 소고기였군? 국물 맛이 편한 것도 연근가루였고?"

"예."

"진짜배기 수운잡방이었군. 엊그제 꿈이 좋더니만……."

수운잡방.

그 말을 아는 걸 보니 이 사람의 식도락은 품격이 있는 게 확실했다. 수운잡방은 조선시대 요리책이지만 제목 자체가 '격조 있는 음식 문화'라는 뜻을 가지고 있었다.

"더 드시고 싶은 게 있으면 언제든 불러주십시오."

민규가 겸손히 답했다. 건강 상태로 보아 기약이 없는 게 아쉬울 뿐이었다.

"이거……."

방정재가 뭔가를 찔러주었다. 꼬깃꼬깃 접힌 봉투였다.

“내 성의로 알고 가져가시게.”

“요리 비용은 이미 받았습니다.”

“그건 우리 아들 내외가 준 돈이고 이건 내 돈일세. 음식은 내가 먹었지 않나? 오랜만에 배가 든든하고 속이 편하니 먼 길 갈 수 있을 것 같아.”

“어르신…….”

입장이 난처했다. 하지만 지점장 부부까지 받으라는 사인을 주기에 별수 없이 챙겨 넣었다.

“고맙네.”

방정재가 민규 손을 잡았다. 꼭 한 번 힘을 주더니 아귀힘이 풀렸다. 인사를 두고 돌아섰다. 지점장과 사모님의 시선은 모두 창밖에 있었다. 붉어진 눈시울을 감추는 것이다.

봉투 안에 든 돈은 200만 원쯤 되었다. 병문안 온 사람들이 준 돈을 모아둔 모양이었다. 그대로 식탁 위에 꺼내놓았다. 마음으로 준 건 알고 있지만 챙겨 가기엔 액수가 너무 컸다.

부릉!

똥토바이 시동을 걸 때 지점장이 뛰어나왔다.

“이봐요, 요리사 선생.”

기어를 당기던 민규가 돌아보았다.

“이거 왜 두고 갔어요?”

지점장이 봉투를 들어 보였다.

“액수가 너무 많아서요. 출장비는 이미 주셨지 않습니까?”

“어허, 큰일 날 사람이네. 이러시면 우리 아버지 먹은 거 체합니다. 당신 음식에 감동받아서 주신 거니까 가져가세요. 우리 아버지, 젊으실 때는 장안에서 알아주는 식도락가였습니다. 아무 음식에나 칭찬하는 사람 아닙니다."

'역시…….'

"선생 이름이 뭐였죠?"

"이민규입니다만."

"이민규… 아버지가 궁금해하시네요. 젊은 사람 솜씨가 대단하네요."

지점장이 봉투를 내밀었다. 그 손이 완강해 받는 수밖에 없었다.

와다다당!

똥토바이 속도를 높였다. 마치 로켓을 탄 듯한 기분이었다.

궁중붕어찜과 궁중연근죽.

대성공이었다. 무엇보다 먹은 사람이 정통궁중요리를 먹어본 사람이라는 것. 초미식의 유전자를 가진 사람에게 인정을 받았다는 것. 거기에 더불어 보너스까지 200만 원 득템. 이쯤 되니 돈보다 귀한 자신감이 빳빳하게 고개를 들었다.

최고의 약선요리.

33가지 신비수에 더한 상지수창. 거기에 재료 선별안을 합치면 그 어떤 요리도 넘보지 못한 맛의 창조와 활력 증진을 동시에 넘볼 만했다.

[축하해. 형이 이제야 요리빨 받나 본데? ㅋㅋㅋ]

종규에게 보낸 SNS 답장이 날아왔다.

[나 간만에 산책 중. 형이 해준 약선도 약빨 나오나 봐. 숨이 별로 안 차.]

또 하나의 낭보가 딸려왔다.

[정말? 하지만 무리하지는 말아라.]

날쌔게 답문을 날렸다. 동생의 낭보, 그 또한 'ㅋㅋㅋ'가 아닐 수 없었다.

6. 초자연수의 존엄

"이민규!"

환경연구원 현관 앞에서 재훈이 소리쳤다. 민규는 오토바이를 화단 앞에 세웠다. 그런 다음 친구와 악수를 나눴다.

"반갑다."

재훈은 하얀 실험 가운을 입고 있었다.

"오, 뽀대 나는데?"

민규가 재훈을 띄웠다.

"언제는 흰 가운이 노가다 작업복보다 못하다더니?"

재훈이 옛일을 상기시켰다. 지난 어느 날, 속상한 일이 있었다. 둘이 소주를 나누며 푸념하던 말이었다. 재훈의 흰 가운, 민규가 입으면 요리복이었다. 유치원 요리 출장에서 연타로 가위표를 먹고 심란하던 날, 신성한 요리복을 폄하하고 말았다.

"세상은 변하는 거니까."

민규가 큰 가방을 내려놓았다. 오는 길에 준비한 물 샘플이었다.

"뭐가 이렇게 많아?"

테이블에 올린 물병을 본 재훈의 입이 쩌억 벌어졌다. 제일 작은 생수병으로 서른 병이었다. 작업은 편의점에서 끝냈다. 하나하나의 생수병 뚜껑을 따며 방울방울 변환을 시킨 후였다.

1번 물 반천하수, 2번 물 정화수, 3번 물 지장수, 4번 물 천리수…….

"내가 요리의 도를 터득하려고 전국 약수터를 다 돌았거든. 요리라는 게 원래 물맛으로 시작하는 거라서."

"언제는 불 맛에 손맛이라며?"

"아, 짜식 자꾸 딴죽 거네. 해줄 거야, 말 거야?"

"너무 많으니까 그렇지. 난 또 한두 병 들고 오나 했더니."

"부탁한다. 이게 그냥 물이 아니야. 만병통치에 가까운 명산 약수들이라고."

"너 우리 부장 닮았냐? 만병통치는 무슨……."

"너네 부장이 왜?"

"그 양반 선친이 달성에서 잘나가는 한의사였잖냐? 그 유전자를 받았는지 동의보감에 나오는 신비수 33가지를 찾아낸다고 날뛰던 사람이다."

"동의보감?"

이번에는 민규 입이 벌어졌다. 33가지 물을 믿는 사람이 또 있다니. 세상은 역시 넓었다.

"그 표정 뭐야? 설마 너도?"

"그래서, 부장님이 신비수 찾았냐?"

"찾기는 개뿔. 휴일 날 쉬기나 하지 온갖 물이나 떠와서 일만 만들다 말았다."

"못 찾았어?"

"얌마, 부장 성화에 나도 그 자료 읽어봤다만 그게 무슨 신비수냐? 이런저런 환경에 갖다 붙인 말이지. 천리를 달려와서 천리수, 봄 물이라 춘우수, 눈 녹아서 납설수… 그런 식으로 하자면 산삼 목욕시키면 산삼수, 아니꼬와 꼬운 물이냐?"

"꼭 그렇지는 않아. 물이라는 게 사람과 같아서 다 개성이 있고 능력이 다른 거거든."

"됐고, 이거 다는 못 해. 너 요즘 먹는 물 검사 항목이 몇 개인 줄이나 아냐?"

"몇 개냐?"

"디테일하게 하려면 무려 155항목이다. 155항목!"

"155?"

"뭐 먹는 물 기준은 57항목이니까 그 정도면 되겠지?"

"아, 짜식 실험실에서 썩더니 무진장 쪼잔해졌네. 기왕 하는 거 풀코스로 밀어라."

"아아, 그건 너무 많아. 게다가 어제 너랑 통화 후에 여친 만나 무리하느라 오늘 굉장히 피곤하시거든. 아흠."

재훈의 하품이 많아졌다.

"그 하품, 여친 때문이 아니고 신장 때문이다."

"뭐?"

재훈이 벌어진 입을 다물며 되물었다.

"너 신장 안 좋지?"

"응? 이 무슨 뻘소리?"

"어젯밤에 무슨 안주 먹었냐?"

"어쭈? 지금 신상 터는 거냐?"

"말해봐."

"1차 돼지등갈비 바비큐 먹고 2차로 주꾸미 버터볶음에 데운 정종 먹었다. 왜?"

"그럴 줄 알았다."

민규가 웃었다. 재훈의 상지수창을 읽은 까닭이었다. 재훈은 水형에 속했다. 오장육부의 상태를 보니 단맛이 신방광을 치고 있었다. 단맛이 지나치면 폐에는 득이 될 수도 있지만 신장을 친다. 신방광을 타고 태어난 수형 민규에게는 치명타가 될 수 있었다.

"너는 불에 태운 음식이나 뜨거운 요리가 상극이야. 게다가 주꾸미 요리는 뜨거울 때 폭풍흡입했지?"

재훈의 먹성이 그랬다. 보기보다 성질이 급하다. 혀를 데면서도 서두르는 타입이었다.

"얌마, 주꾸미 버터볶음은 뜨거울 때 먹어야 맛있는 거야. 식으면 육질이 질겨지거든."

"이거 마셔라."

민규가 10번 샘플의 물을 조금 덜어주었다.

"야."

"마셔. 그거 먹고 하품 안 가시면 이 형님이 검사 GG 선언

한다."

"진짜?"

"그래. 그러니까 마셔. 대신 하품 가시면 군소리 말고 검사해라. 신장은 내일이라도 명의 찾아가서 체크해 보고."

"너 이 용기들, 소독은 제대로 된 거냐?"

"걱정 마라. 나도 시료에 대한 기본 개념은 장착되어 있다."

"아, 씨… 이거 뭔가 확 엮이는 기분인데?"

재훈이 물을 마셨다.

"어떠냐?"

"뒷맛이 짭짤한데? 진짜 약수 맞냐? 요즘 약수라고 먹는 물 중에 중금속 비빔 범벅이 한두 개가 아니거든."

"형님 한번 믿어봐라. 내가 6급 연구사님 뒤통수치겠냐?"

환경연구원 연구사는 보통 6급에 해당한다. 응시 자격이 까다롭기는 하지만 9급과는 견줄 직급이 아니었다. 교순소 위에 보철사, 관검세가 있고 노병우 위에 일교출, 그 위 톱 자리에 법원직이 있다지만 6급과의 차이는 하늘과 땅이다.

교순소는 교정직, 순경, 소방직을 이르고 노병우는 노동청, 병무청, 우정직 공무원을 말한다. 시대에 따라 공무원 지원의 인기도도 바뀌었지만 법원직만은 아직 넘사벽의 자리에 있었다.

"응?"

물을 마신 재훈의 고개가 살짝 기울었다. 주체할 수 없이 달려들던 하품이 가신 것이다.

"내 말 맞지?"

"뭐야? 어떻게 한 거야?"

"그게 바로 네가 알아낼 일이다. 그 물 성분이 어떻길래 하품이 가시는지."

민규가 재훈의 등짝을 쳤다.

짝!

소리는 미치도록 경쾌했다.

수질 검사 155항목.

그 검사는 사실 요리보다 긴 시간이 필요한 일이었다. 미생물, 무기물질, 유기물질, 소독제, 농약류, 심미적 영향물질……. 그 안에는 비소, 수은, 시안, 우라늄을 시작으로 페놀, 벤젠, 다이옥산, 벤조피렌, 포름알데히드는 물론, 다이아지논, 파라티온, 수질기준 0.00003*ml/dl*인 알드린과 디엘드린 항목도 들어 있었다.

"먼저 갑니다."

"내일 봐요."

복도에서 인사가 이어졌다. 그새 퇴근 시간이 된 것이다.

공무원은 칼퇴근?

사실 그건 공염불이었다. 나인 to 식스의 저녁이 있는 삶. 공무원의 로망으로 생각했던 칼퇴근은 그저 상상 속의 일이었다. 그나마 재훈의 기관은 좀 나은 편이었다. 외부 검사 의뢰가 많지 않은 계절이면 그럭저럭 칼퇴근 맛을 보는 때도 있는 것이다.

"야, 밥 시켜줄까?"

중간에 재훈이 실험실에서 나왔다.

"오래 걸리냐?"

"아, 짜식… 지금 지표가 될 만한 검사만 시행 중이고 나머지는 올나잇이다."

"그럼 밤새라. 난 가서 종규 약선요리 해줘야 한다."

"종규, 아직 별 차도 없지?"

재훈이 물었다. 그도 종규의 난치병에 대해 알고 있다. 지난 종규 생일에는 선물도 보내준 좋은 친구였다.

"실은 저 물로 약선요리 해 먹고 많이 좋아졌다. 오늘은 옥상에서 내려와서 산책도 했다던걸?"

"레알?"

"오냐, 그러니까 잘 부탁한다. 제대로 해주면 너네 엄마 약선도 내가 해준다."

"그 옵션은 사양. 지난번에 네가 해준 약선요리 먹고 나흘이나 몸살 앓으셨다."

"이번에는 다르거든. 방금 네 신장 잡는 거 못 봤냐?"

"그건 소가 뒷걸음치다 파리 잡은 거 아니야? 나 신장 문제없다. 올해 공무원 건강검진도 무결점으로 패스하신 몸이라고."

"일반 병원 말고 한의원 가라. 니 여친이 너한테 지린내 난다고 안 하든?"

"……!"

지린내. 거기서 재훈의 사기가 꺾였다. 어젯밤에도 여친에게 들은 말이었다.

"자기 잘 안 씻어?"

"왜?"

"냄새나. 양말 속에 썩은 치즈 넣고 다니는 것 같은 쩐 찌린내."

"진짜? 그, 그게… 오늘 검사한 물들이 다 하천 오물들이라서 몸에 배었나 봐."

어젯밤 대화의 일부였다. 순발력으로 돌려 막았지만 영 신경이 쓰이던 찌린내. 그 정곡을 찔리니 할 말이 없었다.

*　　　*　　　*

돌아오는 길에 대형마트가 보였다. 채소가 하차되고 있었다. 과일도 있었다. 똥토바이 기수를 돌렸다. 점점 더 좋아지는 재료 선별력. 그걸 확인하고 싶었다. 그러자면 많은 식재료를 한자리에서 볼 수 있는 대형마트가 편했다.

닥치고 식품 코너로 향했다. 드라이아이스가 너울거리는 신선식품부터 흙이 묻은 채 진열된 감자까지 없는 게 없었다.

오이를 보았다. 좋지 않았다. 스펀지 육질의 오이가 많이 섞여 있었다. 사과를 보았다. 육질은 푸석하고 단맛도 거의 없는 사과. 그러나 사이즈와 때깔은 좋았으니 시선을 제대로 끌고 있었다. 참외도 그랬다. 겉은 선명하지만 안에는 후숙이 오버된 참외들…….

가장 심각한 건 배추였다. 이 배추는 불쾌한 약 냄새를 머금고 있었다. 육질의 조직감이야 어쩔 수 없다지만 약 냄새는 요리에 치명적이다.

토마토도 그랬다. 이름만 토마토지 밍밍의 극치라 물맛과 다르지 않을 수준. 생선도 그렇고 육류도 그랬다. 가만히 바라보면 견적이 나왔다. 생김새, 색, 맛, 생육기간과 채집 시기, 원산지, 부위, 전체 조화의 여덟 가지 선별력이 식재료를 꿰뚫는 것이다.

아아!

어지러웠다. 모든 식재료의 진품 명품을 선별할 수 있는 안목. 이렇게 한자리에서 확인하니 이렇게 뿌듯할 수가 없었다.

동시에 마음이 아파왔다.

식재료.

중요한 건 맛이다. 맛있는 사과가 따로 있고 맛있는 토마토가 따로 있다. 하지만 많은 사람들은 그 맛을 알지 못하고 재료를 사 간다. 그러고는 자신의 요리 솜씨를 탓한다.

'왜 내가 하면 이렇게 맛이 없는 거야?'

자학의 반은 맞고 반은 틀리다. 맛없는 재료를, 겉만 보고 집어온 것이다.

각 채소들마다 군계일학들이 있었지만 사지 않았다. 그런 것들마저 민규가 다 골라 가버리면 여기 다녀가는 사람들에게 미안할 것 같았다.

"……!"

육수 실험에 쓸 재료를 골라 들고 식품관을 나오다 걸음을 멈췄다. 임산부 때문이었다. 그녀가 배추를 고르고 있었다. 그런데 하필이면 불쾌한 약내가 심한 것들이었다.

"안녕하세요?"

민규가 다가섰다. 배 속 아기를 위해서라도 지나칠 수 없었다.

"김치 담그시게요?"

"누구세요?"

임산부는 경계심부터 내보였다.

"제가 요리사인데요, 괜찮으면 추천해 드려도 될까요?"

민규가 핸드폰 검색을 보여주었다. 패류 독소 일로 나온 기사였다.

"어머, 그러세요?"

인증.

좋기는 좋았다. 그렇지 않으면 각을 세우고 경계를 받았을지도 모르지만 기사를 보더니 호의를 받아들였다. 구석 쪽에서 무난한 배추 두 통을 집어냈다. 그런 다음 안쪽 잎을 조금 따서 그녀에게 내밀었다.

"살짝 씹어보세요. 방금 고른 배추는 잡내가 많거든요."

"어머!"

배추 맛을 비교한 임산부가 경기를 했다.

"고맙습니다."

임산부가 인사를 해왔다. 인사까지 받으니 마음이 켕겼다. 할 수 없이 가까운 곳의 여직원을 찾았다. 배추의 문제점을 알려주었다. 마트도 모를 수 있는 까닭이었다.

"그럴 리가 없는데……."

여직원은 고개를 갸웃거렸다. 배추의 잡내. 농장의 지하수 아니면 농약 때문일 가능성이 높았다. 그렇다 해도 민규가 무슨 조치를 취할 수 있는 것도 아닌 일. 그쯤 하고 식품관을 나섰다.

"뭐래요? 컴플레인이에요?"

다른 직원이 여직원에게 다가섰다.

"배추에서 불쾌한 냄새가 난다고……."

"식약청 직원 아니죠?"

"아닌 거 같아요."

"그럼 그냥 둬요. 저 많은 소비자들 입맛을 어떻게 다 맞춰요? 그깟 냄새 조금 나면 그냥 먹으면 되지. 어차피 미식가 아닌 다음에야 그 정도 맛 아는 사람도 드물어요."

직원이 여직원 등을 밀었다. 배추 진열대 앞에는 다시 사람들이 몰려들고 있었다. 대한민국의 흔한 자화상 한편은 여전히 진행 중이었다.

* * *

"……?"

방문을 연 민규가 움찔거렸다. 종규 때문이었다.

"너 뭐 하냐?"

"형!"

"뭐 하냐고?"

민규 목소리가 높아졌다. 종규가 새 먹이를 챙기고 있었다. 성치 않은 몸으로 무리를 하니 눈이 뒤집히는 민규였다.

"뭐 하냐니까?"

"보면 몰라? 새들 먹이 좀 주려고 그러지."

"정신 나갔어? 니 몸이나 챙겨."

민규가 먹이통을 가로챘다. 이건 종규의 취미이자 주특기였다. 몸이 아프기 전 종규는 새와 나비를 좋아했다. 아버지를 졸라 새를 기르기도 했다. 하지만 결국에는 다 놓아주었다. 몸이 아프면서 새 한 마리 돌볼 힘도 사라진 것이다.

어쩌면 종규는 새 띠 아니면 나비 띠인지도 몰랐다. 어떤 절에 가면 새와 노는 스님이 있다지만 절까지 갈 필요도 없었다. 종규는 새와 나비의 언어를 알았다. 휘파람을 불면 새가 날아들고 나비가 너울거렸다.

그러나 아픈 이후로 새, 나비와도 작별했던 종규…….

"휘파람도 해롭습니다."

지정의 길 박사의 경고 때문이었다.

"아까 공원까지 갔었어. 그랬더니 새들이 알은체하던걸."

"야……."

"왜 그래? 나 내 새 만났어. 새끼까지 낳아서 데려왔더라? 침대에 누워서 평생을 살면 뭐 하겠어? 내가 좋아하는 일 하루라도 하고 죽는 게 낫지 않을까?"

"이 자식이 진짜……."

"잔소리할 시간에 빨리 요리해. 나 배고파."

"……."

"빨리, 그새 자신 없어졌어?"

"그게 아니라……."

민규의 눈앞이 살짝 흐려졌다. 종규에게 보이는 상지수창 때문이었다. 어제에서 대폭 변하지는 않았다. 하지만 좋아졌다. 아침에 본 느낌보다도 좋았다.

"좋아. 대신 무리하면 죽는다."

"알았습니다."

종규가 고개를 조아렸다.

다닥다다닥!

요리가 시작되었다. 종규를 바라보다 하마터면 손가락을 썰 뻔했다. 놀란 가슴을 달랬지만 눈은 자꾸 종규에게 갔다. 정말 낫는 걸까? 병원에서도 두 손을 든 종규의 난치병이?

재료를 꺼냈다. 두툼한 베로 감싸두었던 재료들은 방금 거두어온 듯 싱싱한 자태를 뽐냈다. 목이버섯을 씹어보고 더덕을 깨물었다. 마와 검은콩은 싹이라도 날 듯 기운을 뿜어댔다.

군신좌사.

욕심내지 않고 상지수창의 리딩 결과에 따랐다.

"먹어라."

권하는 목소리도 달라졌다.

오늘의 약선요리는 현미 오곡밥에 섭산삼 튀김, 도라지찜과 연근, 목이버섯나물이었다. 대나무죽통 밥은 어디 갔냐고? 그건 잠시 미루었다. 제아무리 훌륭한 요리라도 거푸 먹으면 질린다. 요리 대가들의 전생 내공이 아니더라도 그쯤은 알고 있는 민규였다.

오곡밥에는 현미와 율무, 검은콩과 대추 등이 들어갔다. 물은 정화수와 요수를 합쳐 안쳤다. 섭산삼은 더덕에 찹쌀가루를 살짝 발라 튀겨냈다. 마지막은 연근·목이나물볶음. 연근은 종이처럼 얇게 썰어낸 후에 반천하수를 떨군 물에 담갔다. 연근이 숨쉬는 소리가 들리는 것 같았다.

물기를 닦고 목이버섯과 함께 숨이 죽을 때까지 볶았다. 양념 후의 마무리는 호두가루를 올려 끝냈다. 대개는 잣가루를 많이 쓰지만 종규의 체질을 고려한 응용이었다. 각각의 요리에는 백선피와 구기자, 과루와 나복자, 인삼 등을 적량 가미했다.

오곡밥 솥뚜껑을 열자 푸근하고 담박한 향이 물씬 밀려 나왔다. 오곡의 성분이 푸근하게 녹아난 밥알들은 식욕 재촉의 끝판왕이었다. 밥만 보아도 옥침이 돌았다. 맛난 것을 볼 때만 나온다는 그 옥침이었다.

"우와!"

종규가 다가앉았다. 먹을 사람에게 환영받는 요리. 요리사의 행복이 아닐 수 없었다.

"괜찮냐?"

"음!"

오곡밥에 연근·목이버섯나물을 한입 가득 머금은 종규, 폭풍 옥침을 달랜 후에야 겨우 엄지를 세워 보였다. 초자연수로 만든 현미오곡밥. 그 또한 종규 약선으로 빠지지 않았다.

"천천히 다 먹어라. 남기면 죽음이다."

주먹을 쥐어 보이지만 일종의 공치사다. 몇 수저 들어가는 걸 보고 검색을 했다. 9,999석 가진 인간이 한 석을 더 뺏어 만석꾼 되고 싶다더니 물의 신비를 맛보고 나니 물의 모든 것이 궁금했다.

그렇기에 민규는 찌질 3류 요리사가 맞았다. 이렇게 중요한 물은 생각지도 않고 그저 대물 재료와 빽 가는 양념 조합만 찾았던 것이다.

물.

좋은 물의 조건은 많았다. 가장 많이 꼽히는 건 오염 물질이나 인체 유해 성분이 없을 것. 다음으로 밸런스와 산소용해도.

여기에 약알칼리성, 활성산소 제거, 높은 흡수율에 육각수라면 바랄 게 없다. 이런 조건만 다 맞아도 환상이니 물만 먹어도 살 수 있을 것 같았다.

민규의 시선은 그다음 자료에서 반응했다.

—음식과 궁합이 맞을 것.

음식과의 궁합.

요리사라면 빼 가지 않을 수 없는 항목이었다. 더구나 요리의 아버지, 이윤의 후생이 아닌가? 이윤은 지상에 존재하는 33+1의 약수를 모두 가려 쓴 능력자였으니 강한 이끌림을 느꼈다.

요리에 있어서의 좋은 물과 나쁜 물.

이윤의 내공이 민규 안에서 발현되었다. 좋은 요리를 위해 그 넓은 중국 대륙의 물을 다 섭렵했던 이윤. 물이 좋으면 밥이 달라진다. 쌀의 주성분인 전분의 호화(糊化)를 촉진해 윤기와 점성, 구수한 맛의 절정을 끌어내는 것이다. 점성도가 증가되면서 균일한 반투명 상태를 만들기 때문이다.

기름을 바른 듯 찰진 느낌에 한 알, 한 알 밥꽃으로 피어난 쌀알. 거기에 아련하게 구수한 향까지 곁들이면 반찬이 필요 없었다. SSS등급이라는 말은 바로 이런 곳에 적용될 레벨이었다.

채소를 데치거나 삶는 것도 마찬가지다. 좋은 물이라면 채소의 색소 구조를 안정시켜 누렇게 뜨는 갈변 현상을 최대한 늦춘다. 이런 까닭에 김치의 경우에도 좋은 물을 이용하면 배추의 클로로필 분해를 막아 숙성 기간이 길어지고 시원 아삭한 청량감을 오래 유지시켜 주는 것이다.

그렇기에 고대부터 인간은, 영험한 약수를 찾아다녔다. 세계적으로 유명한 장수마을이 나오면 일단 그 마을의 물부터 조사하는 것도 같은 맥락이었다. 그 소망은 아직도 유효해 어느 약수나 온천이 좋다고 하면 인산인해를 이룬다. 어떤 물이 좋다고 하면 그 원수를 쓴 제품이 봇물처럼 쏟아지는 것도 그런 까닭이다.

물 자료에서 삼매경을 이룰 때 종규가 빼액 소리쳤다.

"형!"

"형!"

"왜?"

몇 번만에야 민규가 돌아보았다.

"전화 왔잖아?"

"어, 전화?"

그제야 벨이 울리는 걸 알았다. 재훈이다. 네 번째 걸려온 전화였다.

—뭐야? 왜 이렇게 전화를 안 받아?

"쏘리, 결과 나왔냐?"

민규가 물었다.

—오냐, 너 때문에 이 형님 빡쳐서 돌아가실 뻔했다.

"뭐 공무원은 시간 외 수당 달 수 있다며?"

—야, 그것도 옛날 말이지, 요즘 그런 거 허위로 달다가 걸리면 한 방에 훅 간다.

"결과는?"

—너 이 물 어디서 났어?

"말했잖아? 여기 저기 약수터에서 모아왔다고?"

—구라 칠래? 너 나 엿 먹이려고 온갖 좋은 물 다 모아온 거지? 프랑스의 루르드 샘물하고 독일 노르데나우 샘물까지?

"루르드? 노르데나우?"

—어쭈? 쌩까냐? 기적의 샘물로 불리는 물 있잖아? 그것도 아니면 제비꽃 향의 젊음의 샘으로 불리는 Fountain of Youth라도 얻었냐?

"다 아닌데?"

—아니긴 뭐가 아니야? 그리고 나머지 물 중에는 옥 녹인 물, 바닷물, 흙물, 밥물, 육수, 꽃물 같은 거 하나씩 섞어 넣었지?

옥 녹인 물, 바닷물, 흙물…….

옥정수와 벽해수, 지장수 등이다. 육수는 아마도 누에고치를 삶은 물인 조사탕인 것 같았다.

'짜식.'

검사는 제대로 한 모양이었다.

"아니라고!"

—아닌데 그렇게 다양한 결과가 나오냐?

"좋으냐, 나쁘냐?"

—됐으니까 빨리 고백해. 진짜 국내에서 나온 약수라면 토픽감이다. 일부 물은 아까 말한 루르드나 노르데나우의 기적의 물보다도 더 월등하거든. 무려 천연 유기 게르마늄 성분이 나왔다고.

"그건 또 뭐냐?"

—말하자면 치유까지 가능한 물이라고 할까? 아까 말한 루르드 같은 기적의 샘물에서나 나오는 건데 이건 루르드보다도 몇

수 워다.

“진짜냐?”

—빨리 자백 안 해?

“……”

—야, 이민규, 나 지금 장난 아니다.

“미안, 네 말이 맞다.”

잠시 생각하던 민규, 재훈의 장단에 맞춰주었다. 초자연수는 민규 손 안에 있는 것. 약수 출처를 알려달라고 하면 대략 난감할 일이었다.

—응? 뭐라고?

“루르드인지 뭔지 하고 노르데나우 샘물 섞었다. 거기 다녀온 사람이 가져와서 하도 구라를 치길래 도대체 얼마나 좋은 물인가 싶어서.”

—그럼 다른 물은?

“그것도 네 말이 정답. 그 샘물하고 비교할 욕심에 이런저런 물을 다 모아서 보냈다.”

—허얼.

“미안, 좋은 약선요리 찾다 보니 새삼 물의 중요성을 알게 되어서 말이야.”

—그러니까 약선요리에 쓸 물 배합을 위해 온갖 좋은 물을 구해서 가져오셨다?

“그래.”

—일부 물은 나 빅엿 먹이려고?

“그건 대조를 위해서…….”

—허얼.

“야, 미안하다니까.”

—그게 아니라 대단해서 그런다. 너 이 물 대체 어떻게 배합한 거냐? 확인 검사해 보려고 아침에 다시 분석기 돌렸더니 그냥 생수로 나오더라?

“진짜? 처음에는 좋은 성분이 나왔는데 시간이 지나니까 생수로 나오더라 이거지?”

—그래. 나 원, 귀신에 홀린 것도 아니고.

“이 형님 비법이다. 일종의 마법 같은 거지.”

—에이, 이 구라쟁이. 부장님에게 보고 안 하길 잘했지.

“아무튼 고맙다. 내가 대박 물 배합법을 알아냈으니 네 어머니 약선요리는 책임지마.”

—물 배합법? 그럼 언제든 이런 물을 만들 수 있다는 거냐?

“당연하지.”

—허얼, 유치원 애들하고 놀더니 유치해진 거냐, 아니면 상상력이 안드로메다급으로 높아진 거냐? 그게 가능하기나 하냐?

“가능했잖아? 분석까지 해놓고 왜 그래?”

—응? 그건 그렇네?

“이제 이 형님 우습게 보지 마라. 내가 그 기적의 물들로 전무후무한 약선요리를 만들어낼 거니까.”

—그러니까 네 말은 이 물을 네 마음대로 만들 수 있다는 거?

“물론.”

—주력 원수(原水)는?

“뭐 생수나 수돗물이면 충분.”

—그냥 일반적인 물로도?

"물론."

—너 그거 뻥 아니면 당장 특허부터 내라. 아니지. FDA나 ITQI에 정밀 분석 의뢰해서 확인받든지. 아니, 그것도 힘들면 일단 국내의 KIST라도.

"걱정 마라. 이 특허는 누가 뺏어갈 수 있는 거 아니다."

—야, 이민규!

"검사 결과는 보냈냐?"

—처음에 나온 대로 이메일 날아갔다.

"나중에 한턱내마. 고맙다."

—야, 야. 이민…….

전화를 끊고 이메일부터 열었다. 수많은 검사 결과가 주르륵 올라왔다.

"……!"

기적의 샘물로 불리는 루르드와 노르데나우의 물. 그보다도 탁월한 성분을 보인 물은 반천하수. 그러나 정화수와 마비탕 역시 만만치 않았다. 민규는 쉴 틈도 없이 결과를 짚어나갔다. 물 샘플이 무려 30가지나 되었던 것이다.

좋았다.

좋았다.

대박 좋았다.

동시에 물의 특성을 알게 되었다. 시간이 지나면 초자연수의 특성이 날아간다. 재환의 실험에 의하면 그 유지력은 몇 시간 정도. 즉 대량으로 만들어놓고 자손만대 쓸 수는 없다는 얘기였다.

상관없었다. 마음만 먹으면 소환되는 초자연수. 게다가 효과 발현에 시간이 걸리는 것도 아니니 가뭄 든 마을처럼 받아두고 쓸 필요도 없었다.

"유후!"

민규가 허공을 내지르며 환호했다. 그 소리에 종규 목소리가 따라붙었다.

"형, 나 이 밥 조금만 더 먹으면 안 될까?"

좀 더?

"유후!"

그 또한 좋았다. 민규의 주먹이 한 번 더 허공을 질렀다.

물…….

그 어떤 요리사에게도 없는 물이다.

지상 최강의 물 마법사가 된 셈이었다.

'내친김에 육수를 체크해 볼까?'

낮부터 벼르던 육수에 착수했다. 초자연수. 한 방울만 넣어도 좋은 육수가 나오긴 한다. 하지만 최상의 배합을 알고 싶었다. 이 좋은 물을 대충 쓴다는 건 치열하게 살다 간 전생들에 대한 예의가 아니었다.

보글보글.

끓이고 또 끓였다. 보통 쓰는 육수는 몇 가지로 구분되었다. 간단히는 멸치+다시마를 시작으로 양지머리와 잡뼈 등으로 만드는 육수, 조개 육수, 닭뼈 육수, 가쓰오부시 육수 등등…….

1) 반천하수+정화수+요수.

2) 열탕+생숙탕+요수.

3) 지장수+천리수+요수.

4) 순류수+요수.

수십 번의 실험 끝에 네 가지 기본 배합을 찾아냈다. 1)은 신묘한 기운을 주는 육수, 2)는 음양과 기혈을 고려한 육수였고, 3)은 속을 시원하게 하는 육수, 4)는 장부를 편안하게 하는 육수였다. 특이한 점은 식욕을 당기고 비위를 보하는 요수를 베이스로 넣고 시작하면 좋다는 점이었다.

요수.

즉, 식욕의 물이었다.

내친김에 납설수와 지장수도 시험했다. 이번에는 약재의 생기 보존 차원이었다.

채소와 과일.

수확하면 시든다. 저장 기술이 발달했다지만 그래도 수확 때의 맛을 보존하지 못한다. 납설수와 지장수에 채소나 과일을 넣어두면 맛이 살아나는 건 알고 있는 민규. 싱싱한 채소부터 시든 채소까지 총동원해 검증에 나섰다.

'우억.'

결과는 놀라웠다. 그동안 시든 채소와 오래된 것들은 아예 선택하지 않았던 민규. 초자연수에 넣으니 시든 채소와 과일들이 갓 수확한 때에 버금갈 정도로 생기가 돌아왔다.

실험의 백미는 냉동 송이였다. 송이버섯, 향이 죽인다. 그러나 냉동 보관하면 향이 엷어진다. 초자연수는 달랐다. 흰 눈의 고요를 머금은 납설수에 넣자 미미하던 향이 진동을 했다.

과일이나 샐러드 채소처럼 매끈한 모양이 필요한 건 오히려 추로수가 더 좋았다. 추로수는 피부와 살빛을 윤택하게 하여 미인을 만든다는 초자연수. 그 효능이 과일과 채소에 미치니 외양이 납설수와 지장수보다 나았다. 다만 지나치게 오랜 시간은 금물이니 그 한계치만 유념하면 되었다.

해산물은 닥치고 벽해수였다. 푸른 바다 한가운데의 물인 벽해수에 넣거나 뿌려두면 선도가 유지되는 건 물론, 살짝 상한 생선도 선도가 살아나고 있었다.

'대박.'

쾌재가 절로 나왔다.

'가만…….'

생각이 처음으로 돌아갔다. 유치원이었다. 그때 얼떨결에 소환되었던 초자연수들. 시금치 등의 채소의 거북한 맛을 날려 버렸다. 민규의 소망을 따라 화한 깻잎 향까지 거의 날려 버렸던 그 물.

원수를 찾아냈다. 반천하수였다. 반천하수는 신성하지 못한 냄새를 제거한다. 그 짝으로 역류수를 섞어 쓰면 속도가 빨라진다. 쏜살같은 역류 기능을 살려 식재료의 냄새를 날리는 것이다. 노출 시간에 따라 다 날릴 수도 있고 반만 날릴 수도 있었다.

5) 반천하수+역류수.

미각을 해치는 냄새 제거.

하나가 더 추가되었다.

'그렇다면?'

생각이 꼬리를 물었다. 제철 식재료들이었다. 예전에는 제철

재료가 분명했다. 봄이면 두릅과 쑥을 먹고 여름이면 참나물과 감자를 먹었다. 가을에는 전어와 고구마, 겨울에는 굴과 명태를 먹었다. 그러나 이제는 그 구분이 모호해졌다. 제철에 나오는 식재료도 많지만 재배 기술과 저장 기술의 발달로 아무 때나 나온다. 철을 당겨 나오면 돈이 되는 까닭이었다.

'봄의 매우수와 춘우수, 여름의 박과 하빙, 가을의 추로수…….'

철이 바뀐 식재료를 골라 납설수와 지장수에 섞어 실험을 했다. 결과는 적중이었다.

'맙소사!'

정신이 번쩍 들었다. 제철에는 살짝 못 미치지만 거의 같은 맛을 보였다. 그러니까 제철이 아닌 식재료로도 제철 맛을 내게 하는 초자연수였다.

우워어.

워어어.

신음과 감탄이 구분되지 않았다.

기능 속의 기능 파악을 파악하며 즐거움이 새록거리는 민규, 내친김에 밥까지 달렸다.

밥!

한국 요리의 기본이다. 동시에 핵심이기도 했다.

반천하수밥, 지장수밥, 정화수밥, 요수밥, 천리수밥, 추로수밥, 납설수밥, 춘우수밥, 옥정수밥… 몸에 이롭지 않은 옥류수, 취탕, 동기상한수까지 달렸다. 그것으로 모자라 반천하수+지장수, 지장수+정화수, 요수+납설수 등의 조합도 시도했다.

톡톡!

초자연수들이 밥물에 떨어졌다.

보글보글!

밥 끓는 소리는 천상의 속삭임 같았다.

후아!

푸하!

각각의 밥 역시 천계의 밥이었다.

너무 투명해서 눈물이 날 것 같은 감동의 맛 반천하수 밥.

온몸의 찌꺼기를 씻어내는 듯 정갈한 정화수 밥.

몸 안의 중금속이 다 밀어내듯 개운한 지장수 밥.

순하고 단맛에 취해 질릴 수도 없는 천리수 밥.

맛을 보면 정신이 번쩍 드는 장수 밥…….

자광도나 북흑조. 대관도 등의 토종쌀이 아니더라도 제대로 차진 밥이었다. 더 기가 막힌 건 5분도 도정 쌀에도 기막힌 찰기를 내준 것. 5분 도미와 7분 도미는 그냥 밥을 하면 거친 식감 때문에 거부감을 느끼는 사람이 많다. 그마저 잡아주는 신기의 초자연수였다.

'우엑!'

그러다 마지막 밥에서 뱉었다. 수돗물 밥이었다. 수돗물에 문제가 있을 리 없지만 천하일미의 밥과 함께 먹으니 차마 목 넘김이 되지 않았다. 결국 반천하수로 입을 헹궈냈다.

아무래도 좋았다.

이런 밥이라니…….

밥 하나만으로도 훌륭한 요리가 될 판이라니…….

밥상이 보약.

그 말을 실증하는 밥이었다.

밥의 바다에서 책을 보았다. 약선요리책도 보고 동의보감도 보았다. 약선과 관련된 건 읽는 대로 이해가 되었다. 문득 시계를 보니 새벽 3시가 코앞이었다. 기막힌 집중과 몰입이었다. 매사 치열한 집중력이 부족했던 민규. 뭐 좀 할라치면 잠이 앞서던 민규. 그러나 이제는 달랐다. 완전히 달랐다.

워어어어!

미치도록 좋았다.

우워어어!

옥상에서 뛰어내리고 싶을 정도로 좋았다.

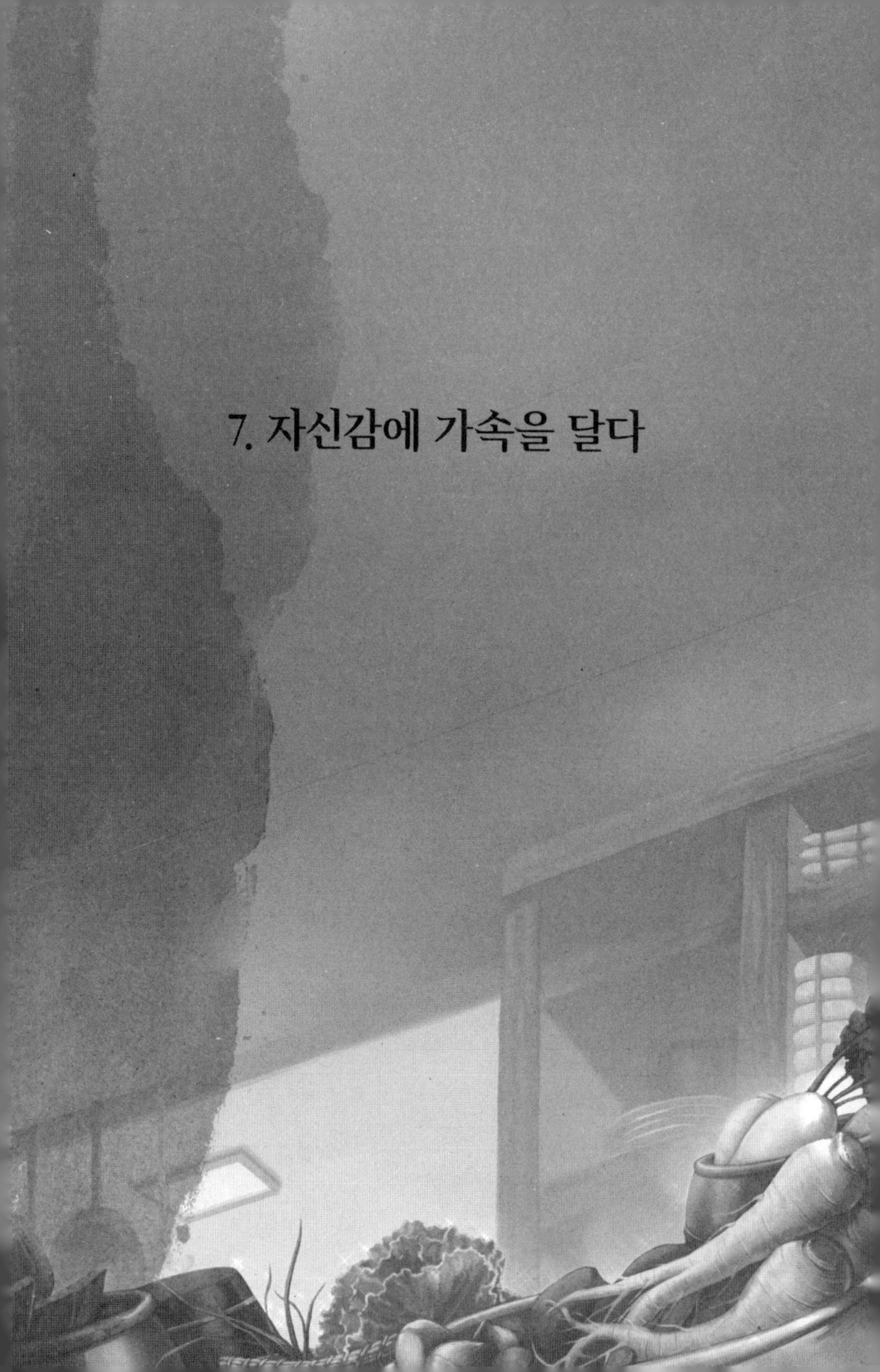

7. 자신감에 가속을 달다

후우우하, 후우우!

숨소리를 들었다. 종규의 숨소리였다. 어제보다도 더 편안해 보였다.

'이 약선요리는 먹힌다.'

이제는 확신에 가까운 생각이 들었다. 수년간 위태로운 숨소리를 들으며 살았던 민규였다. 그렇기에 숨소리만으로도 종규의 상태를 알 수 있었다.

상지수창도 그걸 입증해 주었다. 오장육부의 상태가 허약, 병약에서 양호 단계의 임계점에 가 있었다. 이대로라면 수일 내로 뜻밖의 상태를 찍을 것도 같았다.

이윤.

권필.

정진도.

민규에게 능력을 전이시켜 준 세 전생.

고맙습니다.

정중히 감사를 전하고 눈을 감았다. 잘 때마다 동생이 어떻게 될까 싶어 걱정이 앞서던 민규. 긴장이 풀리며 꿀잠이 들었다.

쪼로롱, 쪼로롱.

뽀로롱 쨱, 뽀로롱 쨱쨱…….

얼마 후, 아련한 소리에 몸을 뒤척였다. 소리는 가까웠다.

'응?'

문득 몸을 일으켰다. 아침이다.

"……!"

종규 침대를 보았다. 종규가 보이지 않았다.

'설마?'

단숨에 방문을 열었다. 그리고, 민규는 그 자리에서 석상이 되고 말았다.

휘이이휘휘, 휘이이…….

종규 휘파람 소리였다.

뽀로롱 쨱, 뽀로롱 쨱쨱.

거기 반응하는 새들이었다. 새는 셀 수도 없이 많았다. 흔한 참새를 시작으로 박새와 개똥지빠귀… 그리고… 그 작은 새들에게 모이를 주고 있는 또 하나의 작은 몸짓… 바로 주인집 딸 상아였다.

"어, 형!"

새들과 어우러지던 종규가 민규를 발견했다.

"너……."

"미안, 편하게 잘 자서 그런지 일찍 눈을 떴는데 먼 데서 새소리가 들리잖아. 그래서……."

"너 괜찮냐?"

"응, 전에는 휘파람 불면 가슴 안이 콱 땡겼는데 이제는 아무렇지도 않아."

"진짜냐?"

"당연하지. 상아도 숨이 하나도 안 차대. 내가 부른 새소리 듣고 저 혼자 계단을 올라왔는걸."

"종규야."

"형, 나 이제 진짜 나으려나 봐. 이 병은 죽어도 안 나을 거 같았는데 이제는 에브리데이 긍정적이야."

"종규야."

"형."

종규가 달려와 민규 품에 안겼다.

폐동맥 고혈압.

그까짓 고혈압.

처음에는 그랬었다. 하지만 그건 다른 고혈압과 달랐다. 한 달, 두 달, 세 달… 종규가 비관주의자로 변하는 데는 세 달이면 충분했다. 약 먹고 푹 자면 나을 것 같던 병. 그 병은 점점 더 심해져 갔다.

그리하며 종규의 모든 것을 내려놓게 만들었던 난치병. 어쩌면 죽을 날을 기다리는 것과도 같았던 종규. 그 마음이 오죽했을까? 부모를 잃고 혼자 분투하는 민규를 바라보는 마음은 또 얼마나 미안했을까? 그렇게 희망이 없던 날. 그날이 박살 난 것이다. 적어도, 이 순간, 종규의 느낌은 그랬다.

"짜식, 형이 약속했잖아? 니 병 내가 고쳐준다고."

"형."

"어디 보자. 어제보다 얼마나 더 좋아졌나?"

"나만 좋아진 게 아니야. 상아도 굉장히 좋아졌대."

종규 시선이 상아에게 돌아갔다.

"진짜?"

민규가 상아에게 물었다. 상아는 끄덕 고갯짓으로 답했다. 셋은 새들에게 둘러싸여 아침을 맞았다.

뽀로롱 짹, 뽀로롱 짹.

새들의 연주가 천국의 연주처럼 들렸다.

'응?'

출근한 민규 고개가 갸웃 돌아갔다. 업무 지시란에 민규 출장 목록이 빠져 있었다. 어제 출장은 둘 다 OK를 받은 상황. 그런데 또 뭐가 잘못된 걸까?

"이 셰프!"

생각하는 중에 사장의 콜이 들어왔다.

"부르셨습니까?"

사장실에 들어섰다. 전에는 사장이 부르면 심쿵하던 민규였다. 혹시 그만두라는 건 아닐까? 혹시나 유치원에서 컴플레인이 들어온 건가? 하지만 이제는 그렇지 않았다.

"왜 말 안 했어?"

사장은 거두절미 추궁신공을 펼쳤다.

'200만 원 받은 걸 알았나?'

"뭘 말입니까?"

민규가 물었다.

"아, 이 친구 시치미는……."

'지점장이 그새 입을 털었나?'

잠시 갈등이 들 때 사장 목소리가 확 높아졌다.

"아, 그렇게 대박 호평을 받았으면 나한테 연락을 해야지. 지점장님이 좋은 셰프 보내줘서 고맙다고 친히 전화를 해오셨는데 내가 다 민망하잖나? 대표가 되어가지고 셰프들 일도 모르고 있는 셈이니."

'빙고.'

민규 마음에 들어찼던 긴장의 끈이 느슨하게 풀어졌다. 200만 원 문제는 아닌 것 같았다.

"그거야 셰프로서 당연한 일인데 뭘 전화까지 합니까?"

"아, 이 친구 진짜… 이제 보니 진짜 프로페셔널 마인드네? 이렇게 좋은 실력을 지금까지 왜 감추고 있었어?"

사장 목소리는 점점 더 빨라지고 있었다. 사장의 주특기다. 기분이 널널해지면 간이라도 빼줄 듯 오버하는 인간이다. 물론 뒤의 책임을 지지 않는 게 문제지만.

"오늘 출장지는 왜 빼놓으신 겁니까?"

"빼놓다니? 내가 따로 챙겨놨지."

사장이 출력물을 내밀었다. 어제처럼 유치원 하나에 요양원 환자 하나였다.

"유치원은 지명이야. 지명은 마 셰프나 정 셰프, 황 셰프급에게나 가능한 거라는 거 알지?"

지명.

출장 셰프도 지명이 있다. 유치원 원장들의 정보 공유 능력 때문이었다. 이들의 커뮤니티는 상상을 초월한다. 그렇기에 한번 찍히면 끝장나는 경우도 있었다.

"이 셰프!"

사장이 일어나 민규 어깨를 짚었다. 제법 근엄한 표정까지 지었다.

"그동안 말은 안 했지만 사실 내가 관심 깊게 지켜봤네. 이따금 지나치게 잔소리한 거, 실은 이 셰프를 단련시키려는 충정이었다는 거 몰랐지?"

'푸헐.'

이건 또 웬 닭살표 오버액션?

"사람들이 내 진심을 잘 몰라요. 하지만 이 셰프만은 알아줄 걸로 믿네."

"……."

"어때? 이제 담금질은 끝난 거 같은데 수석 셰프 한번 해야지."

"수석 셰프요?"

"내가 새로 생각한 건데 말이야, 우리 회사에 어중이떠중이 셰프들이 많잖나? 그 인간들이 제대로 못 쳐내는 일을 지도 편달 하는 셰프가 필요하겠더라고. 오늘 일만 잘 끝내고 오라고. 나랑 같이 구상할 일이 많아."

사장은 이제 어깨동무신공까지 펼쳤다. 그 팔을 살며시 밀어냈다.

"그건 다른 셰프들이 실패한 일을 맡으라는 거 아닙니까?"

지도 편달은 사탕발림이다. 핵심은 민규의 말 쪽이었다. 원래 이 일은 마 셰프나 황 셰프에게 맡기려던 일. 그러나 둘은 사양을 했다. 누가 남의 뒤처리를 전담하고 싶단 말인가?

"그게 아니지. 사물이란 다양한 각도에서 봐야 하거든. 말하자면 내가 이 셰프를 우리 식의감의 프랜차이즈 셰프로 키우고 싶다는 제안이라네."

"말씀은 고맙지만 생각해 보겠습니다."

"이 셰프, 이건 일생일대의 기회야. 우리 식의감이 내년이면 대한민국 유치원 전체를 상대로 영역이 넓어질 걸세. 그다음에는 초등학교 쪽이고. 잘하면 이 셰프에게 수도권 사업 본부나 영호남권 사업 본부를 맡길 수도 있어."

사장의 폭주는 끝이 보이지 않았다. 확실히 요리보다는 말발 쪽이 더 잘 어울리는 인간이었다.

"생각해 보겠습니다."

심드렁하게 답하며 말꼬리를 잘랐다.

"좋아. 그렇게 하게. 대신 이 셰프는 이제부터 원장들 평가에 연연할 거 없네. 가위표든 동그라미든 무조건 출장비 보장하겠네. 지명까지 들어오는 셰프신데 그 정도 대우는 받아야지."

다시 치하신공이 작렬했다. 대체 이 인간의 순발력은 어디가 끝인지 알 수 없었다.

사장실을 나왔다. 통화하는 사장의 목소리도 따라 나왔다.

"예, 예… 지점장님. 저 식의감 대표 나선태입니다. 예, 예… 죄송하지만 오늘 시간 좀 내주시면 안 될까요? 제가 저희 사업에 대한 비전을 좀 설명드릴 수 있으면 해서 말입니다……."

사장의 목소리는 납작 엎드려 있다. 언제 그랬냐는 듯 절대 겸손에 더해 무한 아부 모드로 들어간 것이다.

사장은 나름 큰 그림을 그리고 있었다. 그러나 가진 쩐은 넉넉지 않았다.

그렇기에 물주를 찾는 것이다. 은행 지점장이라면 그런 사람이 될 수 있었다.

뒤처리 전담.

사실 맡고 싶은 마음도 있었다. 민규에게 생긴 두 날개, 초자연수와 상지수창 때문이었다. 이 능력을 시험하려면 오히려 난이도가 높은 게 좋았다.

그럼에도 거절을 한 건 전략이었다. 지금 넙죽 받으면 사장의 딜에 따라야 한다.

하지만 만약 마 셰프가 그만두고, 민규가 계속 빅 히트를 친다면 사장은 민규의 딜을 받을 수밖에 없었다.

피할 수 없는 오더들 때문이었다. 예를 들면 새로 개척에 들어간 요양원 같은 경우가 그랬다.

그런 경우에 환자의 니즈를 맞추지 못하면 거래가 뚫리지 않는다. 초기에는 건당 100만 원을 줘서라도 환자와 원장의 기대를 충족시켜 줘야 하는 것이다.

100만 원 내시면 생각해 보죠.

200만 원 정도 챙겨주시면…….

그때 나 사장은 어떤 표정을 지을까? 그 표정을 봐야만 그동안 눌린 갑질에 대한 서러움이 사라질 것만 같았다.

'그다음에는?'

어디로 갈까?

초특급 호텔 한식당?

강남 부자만을 멤버십으로 하는 스페셜 한식당 개업?

그보다는 개업이 땡겼다.

약선요리 전문점 개업. 먹어서 즐겁고 몸의 불편도 고치는 요리. 입맛 떨어진 병자부터 미식가에 식도락가까지 즐겨 찾는 약선요리 전문점. 누구의 눈치도 보지 않고 즐겁게 하는 요리.

주방에는 전통 옹기를 들여 33가지 초자연수와 약선 장을 가득 채우고, 텃밭에는 그 물에 기른 식재료가 싱싱하게 재잘대는 곳.

식재료들의 청량하고 아삭거리는 소리를 들으며 요리가 시작되는 주방.

사각사각.

아작아작.

뽀독뽀독.

생각만 해도 포근해지는 상상이었다.

하지만!

민규의 상상은 거기서 급브레이크를 밟았다. '쩐' 걱정이 앞서는 것이다.

그만한 식당을 내려면 수억 원에서 수십억 원이 들지도 모른다. 그래도 좌절 모드로는 기울지 않았다. 중간 단계로 독립형 출장 요리에 나설 수도 있었다.

그렇게 단골을 만들고 실탄을 만들면 되는 것이다. 그러자면 인지도가 필요했다. 그러자면 더 많은 사람들에게 초자연수 물맛 요리의 진가를 선보여야 했다.

'일단 종규만 나으면…….'

명제는 명확했다. 그렇게 되면 뭐든 할 수 있을 거 같았다. 주말이면 먼 지방 출장 요리도 가능하다. 그렇게 입소문을 만들면 대출을 신청할 수도 있었다.

길은 널렸다.

문제는 실력일 뿐!

* * *

"어때요?"

혜산유치원 원장이 민규를 바라보았다. 아주 푸짐한 몸매셨다.

"한번 보죠, 뭐."

민규가 흔쾌히 답했다.

지명 출장.

같은 커뮤니티 원장의 추천만이 이유가 아니었다. 이 아이는 막강 편식이었다. 오죽하면 SS 병원의 편식 프로그램까지 참가했다.

결과는 효과 없음이었다. 덕분에 유치원도 건성건성 나오게 되었다. 간식과 중식이 해결되지 않았다. 처음에는 아이의 기호에 맞추었지만 개선이 되지 않으니 문제가 된 것이다.

이 아이가 먹는 건 오직 고기와 햄 종류, 김, 특이하게도 조개젓 정도였다.

다른 것은 무엇도 입에 대지 않았고, 어쩌다 권하면 그냥 뒹굴어 버렸다.

게다가 부모 직업이 막강했다. 아빠는 대검 부장검사에 어머니는 회계사.

나이가 16살이나 차이 나는 부부다 보니 첫아이에게 올인을 했다. 오냐오냐가 망친 케이스로 보였다. 부모 배경 때문에 유치원에서도 아이 비위를 거스를 수 없었다.

'제발 다른 유치원으로 옮겼으면.'

오죽하면 원장의 몽니가 되었을까?

이 아이가 나오는 날이면 유치원은 전쟁에 돌입했다. 그 와중에 교사 하나가 스트레스 유탄을 맞아 이직을 했다. 이제는 원장도 교사들을 쫄 수 없는 상황이었다.

"꼭 좀 부탁합니다. 세훈이 부모님도 신신당부를 하고 있는 판입니다."

원장이 일어섰다. 민규도 그 뒤를 따랐다.

"저 아이입니다."

식당이 들여다보이는 유리 앞에서 원장이 걸음을 멈췄다. 유치원 점심시간이었다.

세훈이만 따로 불리 점심을 주고 있었다.

조리사 옆에서 담임교사가 힐금 원장을 돌아보았다. 원장의 사인이 나갔다. 조리사가 음식을 차려주었다.

두부조림에 김치동그랑땡, 야채볶음과 김에 더한 오곡밥이었다. 아이는 고개부터 저었다.

"먹어봐. 굉장히 맛있어."

담임교사가 식판을 당겨주었다. 아이가 손으로 막았다.

"세훈아, 골고루 먹어야 멋진 어린이가 되는 거야. 이 두부는 겉을 잘 구운 다음에 졸여서 꼭 고기 같은……."

"와아앙!"

담임교사의 설명이 시작되자 아이가 눈물 폭탄을 터뜨렸다. 의자에 앉은 채 두 발 내지르기를 시전하는 몸부림이었다. 담임교사가 달래자 이번에는 아예 바닥으로 내려와 뒹굴었다.

"보셨죠?"

원장이 민규를 돌아보았다. 그 얼굴이 창백했다.

"어메이징하네요."

대답과 동시에 민규가 주방 문을 열었다.

"선생님."

원장의 부름은 듣지 않았다. 원장은 이미 돗자리를 펴주었다. 다음 할 일은 어차피, 민규의 몫이었다. 민규가 들어서자 담임교사가 물러섰다.

"안녕."

발악하는 아이에게 인사를 했다. 아이는 힐금 민규를 보더니 발악을 계속 이어갔다. 굉장히 신경질적인 아이였다. 그사이에 민규는 아이의 상지수창을 리딩했다.

체질 유형—삼초.

간담장—탁월.

심소장—허약.

비위장—허약.

폐대장—양호.

신방광—우수.

삼초—병약.

미각 등급—A.

섭취 취향—微食.

소화 능력—B.

아이의 체질은 심포삼초형이었다.

떫고 생것 냄새가 나고 담백하거나 아린 맛이 도는 맛과 어울리는 타입.

그러나 애당초 짠맛 나는 음식에 길들여지면서 문제가 깊어지고 있었다. 짠맛 선호로 인해 심소장과 비위장이 데미지를 입은 것이다.

게다가 소식(小食)도 아닌 미식(微食)이다. 입에 맞는 것만 조금 먹고 마는 까탈스러운 취향이 아닐 수 없었다.

"오세훈."

요리복을 갖춰 입은 민규가 세훈을 불렀다. 몸부림에 지친 세훈이 씩씩거리며 민규를 바라보았다.

"요리가 입에 안 맞아서 힘들구나? 그렇지?"

한쪽 무릎을 접어 키 높이를 맞춰주었다.

"……."

“세훈이는 이런 음식을 싫어하는구나?”

민규의 시선이 식판으로 옮겨갔다. 세훈은 숨을 고르며 고개를 끄덕거렸다.

“좋았어. 내가 세훈이 마음에 딱 드는 요리를 해주지.”

손을 내밀자 아이가 악수에 응했다.

손바닥이 뜨거웠다. 신경질적인 성향과 뜨거운 손바닥.

삼초형 체질의 특징이었다. 어쨌든 호감 구하기는 성공한 것 같았다.

‘그렇다면…….’

쪼르륵.

바로 생수를 받았다.

‘일단 달달하고 속 시원한 정화수.’

톡!

초자연수 한 방울이 컵에 녹아들었다. 시작은 딱 한 모금이었다. 일부러 그랬다.

“마셔.”

물을 입에 대주었다. 악을 쓰면서 목이 말랐는지 얼떨결에 한 모금을 비워냈다.

“조금 더 마셔야겠네?”

다시 생수를 받았다. 이번에는 정화수와 요수를 한 방울씩 소환했다.

초자연수는 신기하다. 물의 양과 상관없이 오직 한 방울이면 되었다. 한 컵이든 한 양동이든 다르지 않았다. 이번에는 두 모금 양이었다.

다행히 그것까지 비워내는 아이였다. 물은 트림과 함께 시원하게 내려갔다.

'좋았어.'

혼자 미소를 머금고 준비된 재료를 당겨놓았다.

'삼초형이면…….'

삼초에 필요한 재료들이 주르륵 지나갔다. 육류라면 양고기가 제격이다.

그러나 유치원에 양고기가 있을 리 없다. 오리고기 역시 마찬가지. 생선이라면 오징어와 명태가 좋다. 다행히 오리알과 동태는 있었다. 그거면 되었다.

'바나나, 토란, 도라지, 녹두, 아몬드…….'

체질에 알맞은 재료는 그 정도였다.

―햄, 동태, 오리알, 토란, 도라지, 녹두, 바나나, 아몬드, 그리고 말린 표고버섯과 약간의 채소.

민규가 골라낸 식재료였다. 아이에게는 보여주지 않았다. 물그릇 여러 개를 골라 그득 채워놓았다. 반천하수와 정화수, 지장수와 천리수, 요수를 떨군 물이었다.

물 준비까지 끝나자 머릿속에 약선요리 과정이 알고리즘으로 스쳐 갔다.

그때마다 손이, 어깨가 따라 움직였다. 수만 번의 요리로 최적화된 이윤과 권필의 일련의 요리 과정, 뜬금없는 기시감으로 느껴지던 것들이 민규의 경험처럼 몸에 붙고 있었다.

72시간.

운명 시스템이 예고한 완전 적응의 시간이 지난 것이다.

육면—소고기로 국수 가닥을 만들어 메밀가루를 묻혀 삶아내는 요리.

착면—녹두가루와 오미자 우린 물로 만드는 색감 고운 요리.

우병—토란 꼬치.

가마보곶—숭어에 각종 고기류와 버섯류를 말아 쪄내는 요리.

섭자반—메밀에 파래 등의 해조류를 넣어 색색으로 튀겨내는 화전의 일종.

게장편—게살을 발라 계란 푼 재료와 섞어 중탕으로 익혀 모양 좋게 잘라내는 요리.

아이에게 유용한 궁중요리와 함께 과정들이 떠올랐다. 눈을 감아도 될 정도였다. 머리에 그려지는 완성 작품들은 하나같이 질박하고 담백해 보였다. 물론 재료의 문제가 있었다. 하지만 민규는 폼으로 있는 게 아니었다.

온고이지신(溫故而知新)이다.

전생의 내공을 현실에 맞춰 응용하면 되는 것. 예를 들어 게장편이라면, 게 대신에 동태 살을 갈아 넣고 계란 대신 오리알을 넣으면 되었다. 그 구성이 삼초형 아이에게는 오히려 더 적합했다.

요리 주제가 서자 재료를 초자연수 그릇에 입수시켰다. 채소의 맛을 살리고 잡내를 빼기 위한 포석이었다.

"……!"

선택된 재료를 보던 원장과 담임교사의 눈이 주먹만 하게 커졌다.

세훈이 좋아하는 재료는 햄 하나였다. 나머지는 단 한 번도 입을 대지 않은 재료들. 특히 도라지와 토란에서는 고개까지 절레절레 젓는 담임교사였다.

"오세훈."

민규가 아이를 바라보았다.

"……."

"너 고기 중에는 돼지고기가 제일 좋지? 그다음이 햄이고?"

끄덕!

아이가 고개로 대답했다.

"양고기 먹어봤니?"

끄덕!

"사실은 그게 더 맛있지 않았어?"

"……."

아이는 대답하지 않았다.

양고기.

아무리 금수저 집안이라도 일상식으로 먹기는 어렵다. 그러니 맛 비교에 자신이 없는 것이다.

"자꾸 싫은 거 먹으라고 해서 귀찮지?"

끄덕!

"하지만 배는 고프지?"

"……."

"지금부터 선생님이 요리를 할 건데 일단 한 가지만 해볼게. 만약 맛이 없으면 안 먹어도 돼. 그리고 선생님은 그냥 갈 거야.

딱 한입이니까 맛은 봐줄 수 있지?"

끄덕.

마지못한 신호가 떨어졌다.

시작은 긴장 풀어주기 전채로 잡았다. 구슬이 서 말이라도 꿰어야 보배이듯 제아무리 산해진미에 맛난 요리라도 먹어주지 않으면 쓰레기가 될 뿐이었다.

바나나 튀김.

첫 주자가 테이프를 끊었다. 기름을 올리고 아몬드를 곱게 갈았다.

그런 다음 감자가루와 함께 채로 걸러내고 가운데를 1㎝ 두께로 파냈다. 구멍에 치즈를 박아 넣은 바나나 한 토막을 가루에 굴려놓았다.

다음으로 햄을 콩알 크기 큐빅으로 썰었다. 반죽 옷을 입힌 바나나를 햄 큐빅 위에 굴려 고르게 묻힌 다음 기름 안으로 입수시켰다.

자자작, 자작!

튀겨지는 소리가 청명하게 들렸다. 살포시 뒤집던 튀김을 꺼내 기름을 빼고 바로 썰어냈다.

모락.

바나나 튀김이 세훈이 앞에서 맛김을 뿜어냈다. 아이 입 크기에 맞는 단 한 조각이었다.

"먹어봐."

민규가 튀김을 권했다. 원장과 담임교사는 말을 보태지 않았다. 세훈의 입술이 좌우로 실룩거렸다. 고민이다. 겉에는 자기가 좋아하는 햄이 박혔다. 하지만 안의 내용물은 바나나였다.

"어후!"

이리 재고 저리 재던 포크가 튀김을 찍었다. 튀김이 입으로 들어갔다.

우물.

원장과 담임교사의 시선이 아이 입을 따라 움직였다. 아이는 입속에 번지는 맛의 정체를 파악하느라 여념이 없었다.

먹어도 될까?

뱉어야 할까?

햄 뒤에 따라붙는 감자와 아몬드가루, 그리고 바나나 다음에 치즈… 뭔가 낯설지만 토할 정도는 아니었다.

꼴깍!

첫 조각은 그렇게 목을 넘어갔다.

"물."

다시 물을 건네주었다. 새로 주는 물은 요수였다. 아이의 식욕 자극용이었다.

"한 조각만 더?"

민규가 물었다. 아이는 몇 번이고 혀로 입술을 쓸어보더니 겨우 허락을 해주었다.

다시 한 조각.

아이의 입으로 들어갔다. 이번에는 큰 경계심 없이 튀김을 삼켰다.

"다른 요리로 조금 더 해볼까? 선생님은 아직 실력 발휘를 못했는데……."

민규가 딜을 날렸다. 담임교사를 바라본 아이가 끄덕 고갯짓으로 답했다.

'오케이.'

민규가 주먹을 쥐었다. 초자연수들의 떡밥이 먹히고 있었다. 그렇다면 이제 민규 페이스로 끌어들일 타이밍이었다.

우병.

마침내 족보 있는 궁중요리가 진행되었다.

1) 흙이 묻은 채로 나온 토란을 준비한다.

2) 껍질째 씻어 찜통에서 푹 쪄낸다.

3) 재빨리 껍질을 벗겨 꿀에 넣는다.

4) 작은 대나무 꼬치로 촘촘히 찔러 꿀이 잘 스미게 한다.

5) 따뜻할 때 잣이나 밤 고물 등을 입혀 먹는다.

레시피는 심플했다. 핵심은 신선한 토란이었다. 토란은 껍질을 벗겨두면 잘 익지 않기 때문. 그러나 유치원의 재료는 친절(?)하게도 껍질이 없었다.

하지만 방법이 떠올랐다. 지장수로 씻은 쌀뜨물에 삶아낸 후에 익히는 것.

그 방법은 기막히게 통했으니 토란은 아린 맛 없이 파근하고 부드럽게 익어 나왔다. 밤을 대신한 고물의 선택은 아몬드가루였다. 2㎝ 정도의 작은 토란에 아몬드가루를 묻혀 꼬치를 찌르니 오뎅인지 고깃덩어리인지 분간하기 어려웠다.

더 굉장한 건, 민규가 난생처음 해본다는 것. 그러나 마치 수

천 번 해본 솜씨처럼 노련한 요리 과정이었다. 좋은 맛은 살리고 나쁜 맛은 지운다. 민규의 손은 저절로 그걸 행하고 있었다.

"새 요리가 나왔습니다."

심플하게 세팅한 우병 접시가 세훈이 앞으로 밀어졌다.

우물.

세훈이 첫 우병을 입에 물었다. 우병은 아이 입에서 반으로 갈라졌다.

"후아."

아이가 맛김을 불었다. 그것으로 게임은 끝나 버렸다. 입김을 분다는 건 입에 맞는다는 뜻이었다. 게다가 아몬드는 이미 맛본 그 맛. 나머지 조각을 먹어치운 세훈이 민규를 바라보았다.

"다 먹어."

남은 한 알을 가리키자 세훈이 선뜻 지시를 받았다.

"괜찮지?"

"네."

"그럼 또 다른 요리 시도해 볼까? 아직 할 요리가 많은데?"

"네."

아이는 엉덩이를 든 채 안달을 했다. 지켜보던 원장은 담임을 바라보며 혀를 내둘렀다.

아이가 먹은 것, 무려 토란이었다. 아이는 아직 모르지만 원장과 담임교사는 다 보고 있었다.

게장편.

이 또한 난생처음이다. 그러나 막힘 따위는 없었다. 게 대신

동태 살이 주제가 되었다.

게장편은 등딱지에 가득 찬 장에 더해, 발라낸 게살에 양념을 하고 계란 풀어낸 것을 섞어 중탕으로 익혀내는 요리다.

뜨거울 때 그냥 먹어도 되고 한 김 식혀 편으로 썰어내도 좋았다. 게를 넣지 않으므로 동태장편이 될 구성이었다.

동태 살을 갈아 고운 채로 내렸다. 계란 역시 오리알로 대신했다.

축사에서 나온 오리알은 비린내가 날 수도 있었다. 지장수를 써서 비린내를 원천 봉쇄해 버렸다.

"자, 세 번째 요리가 나왔습니다."

동태장편이 나왔다. 이번에는 조금 길게 썰어 토마토케첩으로 살짝 모양을 냈다. 이 케첩 또한 삼초형에 유익한 음식이었다.

큼큼.

세훈이 슬쩍 냄새를 맡았다. 민규는 걱정하지 않았다. 세훈은 이미 자신의 가이드라인을 넘은 지 오래였다.

쩝쩝!

입맛 소리까지 감칠 나게 들렸다. 이제는 완전한 민규의 페이스였다.

"어때?"

두 조각을 해치우자 민규가 물었다.

"맛있어요."

"좋아. 이번에는 상으로 세훈이가 원래 좋아하던 재료를 써볼게. 우리 어떤 게 더 맛있나 비교해 볼까?"

"네에!"

아이의 목소리가 자꾸만 높아졌다.

—육면.

두 접시의 국수를 내놓았다. 하나는 소고기 재료. 국수처럼 가늘게 썰어낸 고기에 메밀가루를 입혀 삶은 후에 장으로 간을 맞추고 삼색 채소 고명을 올렸다.

또 하나는 우무가 재료였다. 토마토를 갈아 즙을 채로 거른 후에 우무국수를 담아냈다. 간은 그저 굵은 소금을 볶아 더했을 뿐이었다.

"맛보고 마음에 드는 걸로 먹어."

두어 젓가락씩 담아낸 두 종류의 국수. 민규는 어떤 옵션도 걸지 않았다.

세훈의 시선이 국수로 향했다. 원장과 담임교사도 그랬다. 고기로 만든 국수와 우무로 만든 국수. 그들이 볼 때 이건 결과가 정해진 일이었다. 고기킬러인 세훈이 아닌가?

세훈의 젓가락 역시 그들의 기대에 부응했다. 고기국수를 몇 가닥 집어 입에 넣은 것.

우물!

세훈의 젓가락이 우무로 옮겨갔다.

우물!

선택과는 달리 얼굴 표정은 반대로 나왔다. 선호하던 소고기 국수보다 우무 면발에서 표정이 푸근하게 풀린 것. 결국 세훈의 선택은 우무국수였다.

그릇째 들고 호로록호록 밀어 넣었다.

"다 먹었어요."

세훈이 빈 국수 그릇을 들어 보였다. 원장과 담임교사는 입만 벌린 채 아무 말도 하지 못했다.

"자, 그럼 세훈이가 뭘 먹었나 재료 한번 볼까?"

민규가 말했다.

"네."

아이가 답하자 싱크대 아래 넣어둔 여분의 재료를 꺼내 보였다.

토란, 동태살, 오리 알, 우무, 바나나, 감자, 치즈, 햄, 아몬드, 소고기, 케첩, 녹두, 각종 채소…….

"우와!"

세훈이 입을 쩌억 벌렸다.

"처음 먹은 건 바나나 속살에 치즈를 넣고 감자가루와 아몬드 가루에 햄 조각을 발라 튀겨낸 것, 두 번째는 토란을 쪄서 아몬드 고물을 묻혀낸 것, 세 번째는 동태 살을 갈아 오리알 푼 재료에 쪄낸 것, 네 번째는 우무를 토마토즙에 비벼낸 국수……."

"우와."

"맛은 어땠어?"

"맛있었어요."

"기분은?"

"기분도 좋아요."

아이가 대답하는 동안 상지수창을 확인했다. 약하게 리딩되던 삼초 쪽이 한결 나아지고 있었다. 그렇기에 신경질적이던 아이의 컨디션도 좋아진 것이다.

"이제 알겠지? 고기만 맛있는 게 아니라는 거."

"네!"

"이제 골고루 먹고 튼튼하게 크는 거다?"

민규가 손바닥을 세워 보였다. 세훈은 짝 소리가 나도록 마주쳐 주었다.

짝짝짝!

원장과 담임교사, 조리사의 박수가 꼬리를 물었다.

"아유, 우리 세훈이 이렇게 잘 먹고 이렇게 씩씩한 줄 몰랐네. 수고했어."

담임교사는 아이를 안아들고 주방을 나갔다.

"세상에나……."

원장이 고기국수 앞으로 다가왔다. 여전히 믿기지 않는지 남은 국수를 먹어보는 원장.

"어머, 맛이 좋네?"

원장이 낭패스러운 표정을 지었다.

"왜요?"

민규가 물었다.

"저는 사실 이건 맛없게 만들고 우무국수를 맛있게 만든 걸로 생각했어요. 아이에게 고기 못 먹게 하려고……."

"그럼 요리사가 아니죠. 필요한 요리 쪽을 더 맛있게 만들어야 하는 게 요리사가 할 일입니다."

"세상에나, 세상에나… 박 원장이 칭찬하길래 혹시나 했었는데……."

"서류 평가 부탁합니다."

민규가 출장 서류를 내밀었다. 약선요리로 편식 교정, 이 또한 늘 하던 일인 듯 자연스러운 성공이었다.

출장 서류 위에 표시된 시원한 동그라미가 그걸 확인시켜 주었다.

'빙고!'

이제는 거칠 것이 없는 민규였다.

*　　　*　　　*

"출장 요리 오신 분이세요?"

두 번째 출장지에서 신청자를 만났다. 입원자의 보호자인 아버지와 아들 부부였다.

환자에게는 아들과 손자 부부가 되었다. 손자 부부는 돌도 안 된 갓난아기를 안고 있었다.

민규 고개가 갸웃 돌아갔다. 아이가 너무 어려 요양원에는 어울리지 않았다.

자칫하면 감염의 우려도 있는 것이다. 차림새와 기품으로 보아 교양 있는 집안. 갓난아기는 왜 데려온 걸까?

"안녕하세요?"

차에서 내린 민규가 인사를 했다.

"재료는 주방에 가져다 놨습니다. 잘 부탁합니다."

아버지가 고개를 숙였다. 60대 초반의 남자였다. 사람이 반듯해 보이니 사회적인 위치도 좋을 것으로 보였다.

보리수 요양원.

국내에서 알아주는 곳이었다. 한 달 입원 비용만 약 500만 원

이상으로 주로 임종 직전의 환자들이 많았다. 그 정도 비용 감당이 되려면 대개 중산층 이상이어야 했다.

"장국밥 끓여달라고 하셨죠?"

민규가 물었다.

"우리 어머니가 죽기 전에 옛날식 장국밥 한번 먹어봤으면 하고 노래를 하시길래……."

"의사의 허락은 받으셨나요?"

"예… 어머니가 원하면 뭐든 괜찮다고……."

아버지 목소리가 흐려졌다. 동시에 아들 부부의 시선도 하늘로 옮겨갔다.

임종 직전의 요양원.

대개 대형 병원 추천으로 오는 환자들이다. 거의 다 한 달 안에 사망한다.

그렇기에 상당수 임종 전문 요양원들은 한 달 이상의 입원도 허락하지 않는다. 바꿔 말하면 어차피 한 달 안에 인생 마감이었다.

"어머니 좀 뵈어도 될까요?"

"어머니를요?"

"상태를 좀 봐야 해서요."

"그냥 정성껏 만들어주세요. 어머니가 워낙 녹내장과 백내장 때문에 눈도 거의 실명이고 대소변도 받아내는 처지라……."

환자의 체면.

그걸 지켜주려는 부자였다.

"죄송합니다. 제가 약선요리를 하는데 이게 의사와 환자의 관계처럼 먹을 사람을 보고 만들어야 효과가……."

"할머니 주무시지?"

아버지가 아들을 돌아보았다.

"예, 제가 보고 나왔거든요."

"모시고 가서 잠깐 보여 드리거라."

"예."

아버지의 당부에 아들이 앞서 걸었다. 그를 따라 병실에 들어섰다.

비싼 입원비 때문인지 병실은 쾌적했다. 넓은 공간에 환자는 둘뿐. 보호자들을 위한 자리와 쉼터까지 보였다.

"깨워야 하나요?"

아들이 물었다.

"아닙니다. 그냥 두셔도 됩니다."

민규가 환자에게 다가섰다.

'폐암…….'

상지수창을 보고 병을 짐작했다. 오장육부 중에서도 폐대장의 창이 뻥 뚫려 리딩이 되지 않을 지경이었다.

"우리 할머니, 어릴 때 고생을 많이 하셨어요. 그래서 그런지 소고기 듬뿍 넣은 개운한 장국밥에 흰쌀밥 말아서 실컷 먹는 게 소원 중 하나였지요."

아들이 애틋한 마음을 열어 보였다. 할머니를 좋아하는 눈치였다.

"또 다른 소원도 있나요?"

"그건……."

아들이 뒷말을 흐렸다. 목이 메어 있다. 민규의 생각보다도 더 각별한 할머니였던 모양이다.

"할머니가 작년 여름에 폐암이 재발했는데 제가 방송 스케줄이 바빠서 그 직전에 결혼을 했어요. 투병하시면서 제 아이를 보고 가는 게 소원이라고 하셨는데……."

"그래서 어린 아기를 데려오셨군요?"

"예… 병원에서 이번 주 넘기기 힘들 거라고 하셔서……."

아하.

아기의 등장에는 그런 사연이 있었다.

"며칠 전까지만 해도 저희가 사 온 음식을 받아 드셨어요. 그때 장국밥 생각이 나길래 지방 촬영에서 본 맛집에서 긴급 공수를 했는데 한입 뜨시더니 영 아니라고 하시네요. 그래서 제가 아버지와 상의해서 전문 요리사를 신청한 거랍니다."

"아기가 왔으니 할머니 소원 하나는 이루셨겠군요?"

"손으로 만져보기는 하셨는데 양 눈에 백내장과 녹내장이 심해서 보지는 못하시고… 이제 와서 눈 수술은 별 의미가 없다고 해서……."

말기암 환자.

대부분이 수술 불가다.

"소원 이루는 데 작은 도움이라도 될 수 있도록 애써보겠습니다."

"잘 부탁합니다."

아들의 당부를 들으며 식당으로 향했다.

약선장국밥.

자연스럽게 그 생각을 하며…….

요양원의 식당은 굉장히 컸다. 이런 식당의 시스템을 빌려 쓸 수 있게 만드는 건 나 사장의 능력이었다.

식당들은 외부의 요리사가 와서 잠깐 요리하고 가는 걸 반기지 않는다. 그러니 인정할 것은 인정하는 게 좋았다.

조리장에게 인사를 하고 한쪽 조리대 사용을 배정받았다. 조리사가 다가와 재료와 식기 등을 내주었다.

장국밥.

재료를 보자 요리의 과정이 물결처럼 떠올랐다.

어떻게 보면 요리는 시간 싸움이다.

대중 음식점이나 대량 음식점이라면 더욱 그랬다. 밥 짓고 국 끓이고, 반찬을 조리하는 데 최적의 매뉴얼이 필요했다.

가장 아날로그 방식의 일이지만 디지털식에 못지않은 알고리즘이 필요한 것이다.

왜?

손님들은 오래 기다리는 걸 좋아하지 않는다.

핑계도 인정하지 않는다.

빨리 맛있게.

모든 손님의 니즈(Needs)는 하나였다.

장국밥은 사실 어려운 요리가 아니다.

양지머리를 무와 함께 삶아 고기는 건져 썰어낸 후에 양념하고 뚝배기에 밥을 담고 장국을 부은 후 고기, 쇠고기산적, 도라지나물, 고사리, 콩나물을 올려서 먹는다.

'요점은 밥과 육수… 그리고 그 밥과 육수와 잘 어우러질 채소와 약산적…….'

'체질을 고려하면 도라지는 화극금이니 빼고 배추의 양을 조금 더 늘리고…….'

환자의 상지수창은 金형이었다.

그러나 이 상황에서 체질은 고려할 필요가 없었다. 할머니가 원하는 건 어린 시절의 맛이었다.

그렇다면 투박한 원전의 맛에 충실하는 게 답이니 약간의 고려를 더할 뿐이었다.

반천하수냐, 정화수냐?

육수 우리는 물로 두 가지를 저울질하다 정화수를 택했다.

초자연적 조화는 반천하수가 한수 위라지만 정화수에는 기원이 담겨 있다. 가족의 기원으로 만드는 음식이니 그쪽이 더 끌리는 민규였다.

톡!

팔팔 끓는 물에 정화수 한 방울을 정성껏 풀어놓았다. 약간의 된장을 풀고 후춧가루를 더한 후에 양지머리를 담갔다 꺼냈다. 잡내 제거 과정이었다.

그런 다음에야 본격 육수를 안쳤다. 초자연수 배합은 비법 육수 3번이었다. 지장수+천리수+요수의 배합이다.

이 육수는 속을 시원하게 하는 특징을 가졌다. 긴 생의 회한을 다 잊을 정도로 속이 후련한 장국밥 한 그릇. 그걸 기원하는 선택이었다.

배합을 끝내자 주방의 재료들이 민규 눈길을 끌었다. 전복과 조개, 신선한 고등어와 블루베리였다. 최고 시설 병원의 식재료답게 퀄리티가 좋았다.

"뭐 필요한 거 있으세요?"

재료를 체크하던 조리사가 물었다.

"예? 예……."

"많이 쓰실 거 아니면 쓰세요. 조금은 여유가 있으니 괜찮습니다. 어차피 우리 병원 환자 특별식이라면서요."

"고맙습니다."

덜컥 인사를 하고 전복을 집어 들었다. 이미 눈으로 찜해둔 구공라였다.

전복 껍데기에는 구멍이 있다. 구멍 9개짜리가 최상급이다. 10개 이상이면 오히려 요긴하지 않았다.

조개도 바다 냄새 폴폴 풍기는 놈으로 몇 알 고르고 고등어는 버려지는 머리에서 망막세포만 추려냈다.

블루베리 역시 한 주먹을 집었다. 손자의 아기를 보고 싶어 하는 할머니를 위한 보너스 재료였다.

이제 장국밥 재료에 매진했다.

고사리와 숙주, 배추 등을 손질해 지장수와 납설수 물그릇에 재웠다. 본래의 맛을 살리고 생기를 더하기 위한 조치였다.

'다음은…….'

손은 너무나 익숙하게 움직였다.

"흠흠, 냄새 좋네. 이 육수 가져오신 거예요?"

인심 좋은 조리사가 다가와 물었다.

"아, 예……."

"맛 좀 봐도 될까요?"

"그러시죠."

민규가 허락하자 조리사가 끓는 육수를 조금 떠내 맛을 보았다.

"우와, 굉장히 담백하고 시원해요. 특별한 비법이 있으신가 봐요?"

"아, 예……."

"힌트 좀 주시면 안 돼요? 이게 양지하고 무만으로 나오는 맛이 아닌데……."

"물입니다. 제가 쓰는 약수가 있거든요."

민규가 둘러댔다.

"아, 물… 하긴 좋은 약수라면 그럴 수도 있죠."

조리사는 고개를 끄덕이며 자리로 돌아갔다.

'어디……'

민규도 육수 맛을 보았다. 뒷맛이 개운했다. 짧은 시간이지만 양지와 무의 속맛이 제대로 우러난 육수. 초자연수의 마법이 아니고서는 불가능할 일이었다.

볶은 고사리와 무쳐낸 나물들, 두부와 양념을 보태 납작하게 지저댄 약산적용 소고기도 완성되었다. 막간을 이용해 보너스 요리를 준비했다. 또 다른 소원을 위한 도전이었다.

삼합미음.

—해삼, 홍합, 소고기 우둔살, 찹쌀.

원래의 전통 삼합미음에 들어가는 재료들이다, 3년 이상 묵은 장으로 간을 맞춰 먹으면 노약자와 환자에게 기막힌 약선요리.

이걸 응용해 보려는 민규였다.

—전복, 조개, 고등어 망막세포, 블루베리.

막강 재료들이다.

전복은 눈에 좋다. 오죽하면 껍질에 눈을 밝게 한다는 뜻의 석결명과 멀리 볼 수 있다는 뜻의 천리광이라는 이름이 붙었을까?

조개 역시 타우린 성분이 많아 시력 회복에 좋다. 등푸른 생선의 망막세포는 특히 고농도 DHA의 보고(寶庫)였다.

마지막은 블루베리.

동의보감에 보면 눈병은 전부 화병이라는 말이 나온다. 열이 눈으로 몰려서 병이 된다는 의미였다.

블루베리는 눈에 몰린 열을 아래로 끌어내리는 데 탁월한 열매였다.

전복과 조갯살, 고등어 망막세포는 살짝 구워 갈아냈다. 그런 다음 반천하수에 추로수와 엽설수를 사이좋게 한 방울씩 섞은 후 보리를 넣고 퍼지도록 끓였다.

반천하수는 33가지 물 중의 왕. 추로수와 엽설수는 각각 눈을 밝게 하고 간에 좋은 물.

이런 물을 다룬다는 건 어쩌면 꿈 같은 일. 그런데도 꿈 같지 않았다.

먼 기억이 스쳐 갔다.

고려의 왕궁이었다. 이 삼합미음을 먹고 왕의 눈이 밝아졌다. 대비도 그랬고 왕자와 옹주도 그랬다.

한 번에 안 되면 두 번이었고, 두 번에 안 되면 네 번이었다.

그렇게 긴 시간의 경험이 쌓여 최적 비율을 알아낸 약선요리. 그 영감에 마음이 설레는 민규였다.

"참으로 수고했노라."

"네 정성이 내 눈에 광명을 깃들게 했구나."

왕의 치하가, 왕자의 답례가 들리는 것 같았다.

보리쌀이 푸근하게 끓어오르자 채에 받쳐두고 장국밥 세팅에 돌입했다.

"우와."

작은 돌솥밥통 뚜껑을 열자 조리사가 또 감탄을 토했다.

그건 밥이 아니라 차라리 복스레 핀 조팝나무 흰 꽃 한 떨기였다.

알알이 벙글어 오른 밥꽃. 윤기가 좌르르 흐르는 밥알은 보는 것만으로도 옥침을 자극해 왔다.

"주방 경력 20년인데 아직 이런 밥은 보지 못했습니다. 맛 좀 볼 수 있을까요?"

"그러세요."

민규가 한 숟가락을 덜어주었다.

"와우, 달다. 이 깊고 풍후한 풍미… 그냥 천국의 밥이네요."

"고맙습니다."

"죄송하지만……."

"말씀하세요."

"밥 남으면 좀 얻을 수 있을까요? 우리 환자 중에 흰죽만 드시는 분이 있는데 통 드시지를 않거든요. 이분이 외교부장관님 어머니신데 말기 암으로 몸 상태가 급격히 떨어지고 있어서 우리 원장님 체면이 말이 아니다 보니 제게 특별히 부탁을 하시는 터라… 이걸로 죽을 쑤면 먹을지도 모르겠네요."

"흰죽 쑤실 거라면 제가 약수로 안쳐 드리죠. 기왕 하는 거라면 제대로 하는 게 낫지 않겠습니까?"

"그럼 너무 미안해서……."

"괜찮습니다."

"알겠습니다. 그럼 쌀 가져오겠습니다."

조리사가 바람처럼 뛰었다. 죽용으로 갈아낸 쌀이었다. 부드럽게 씻고 정화수를 떨구었다. 그것으로 그만이었다.

"고맙습니다."

조리사의 인사를 받으며 장국밥에 전념했다. 밥을 퍼서 장국에 훌훌하게 말았다. 너무 빽빽하지 않도록 묽게 말아내는 것. 장국밥 포인트의 하나였다.

마무리로 나물과 약산적이 올라갔다. 대파를 올리고 후추와 고춧가루를 뿌렸다. 후춧가루는 적량보다 조금 더 추가했다. 금형 체질이 좋아하는 것이니 그게 좋았다.

다음은 삼합미음이었다. 마무리는 초자연수를 섞은 장과 참기름, 블루베리즙으로 모양을 냈다. 동그란 원을 세 개 그려 천지인의 소망을 담아낸 민규였다.

완성.

요리가 끝났다.

"식사 왔습니다."

병실 입구에서 민규가 말했다. 아버지와 아들이 거기서 기다리고 있었다. 침대 앞에 요리를 세팅해 주었다.

"……!"

뚜껑을 연 아버지와 아들 표정이 밝아졌다. 목가적인 세팅 때문이었다. 병원 식기구를 빌렸기에 화려하지는 않았지만 소담한 세팅으로 분위기를 살린 민규였다. 중환자라고 해도, 그는 민규의 손님이었다.

"이건 뭐죠?"

아버지가 삼합미음을 보며 물었다.

"삼합미음이라고… 전통 레시피하고는 약간 다르지만 눈에 좋은 재료들 보태서 만든 겁니다. 장국밥 드시면서 간간이 같이 드시면 혹시 잠시 눈이 밝아지실지도……."

"눈……."

혼잣말을 하는 아버지의 미소는 체념의 궁극처럼 보였다. 하긴 민규도 아직은 확신이 없었다. 그저 영감에 따라 충실했을 뿐.

"물은 저희 게 있는데……."

민규가 준비한 정화수와 요수의 배합물. 그러나 가족의 눈에는 식당에서 온 물이기에 마음에 들지 않는 모양이었다.

"이거 약수입니다. 식사 전에 드시면 입맛을 올려주니까 몇 모금이라도 드시게 해주세요."

"알겠습니다. 이제 그만 가보셔도 됩니다. 뒤처리는 저희가 할게요."

음식 카트를 인수한 아들이 민규를 챙겨주었다.

"아닙니다. 드시는 거 좀 보고 가겠습니다."

"그럼 그렇게 하시죠."

아들이 식사 준비를 갖췄다. 환자는 깨어 있었다. 눈은 거의 초점이 없었다.

"할머니, 할머니가 먹고 싶다던 장국밥 해왔어. 여기 장국밥 전문가 셰프님이 직접 오셔서 끓였으니 맛있을 거 같아. 아, 해 봐."

"장국밥?"

할머니가 마른입을 열었다. 느리지만 말은 가능한 상태였다.

"안 보여? 진짜 제대로야. 우선 물부터 먹고."

초자연수 배합물이 환자 입으로 들어갔다. 첫 수저는 그저 그랬지만 두 번째부터는 입놀림이 조금씩 빨라졌다. 물이 받는다는 신호였다.

"자, 국물부터 맛 좀 봐."

첫 수저가 환자 입으로 향했다.

"어때?"

"응."

할머니의 답은 거부가 아니었다. 아들의 숟가락이 약산적을 으깨 밥알과 섞었다. 채소도 그 뒤를 따랐다.

"맛있어?"

"응."

"그렇지? 진짜 제대로지?"

"그래. 이런 걸 어디서 샀어?"

"말했잖아? 장국밥 전문가 셰프에게 부탁했다고."

"뭣 하러… 힘들게스리……."

"힘든 게 문제야? 할머니가 먹고 싶은 음식인데. 또 먹고 싶은 거 있으면 말해봐. 내가 다 구해올 테니까."

"약산적 있어? 그거 좀 더 줘봐."

"알았어. 얼마든지."

"국물도… 국물이 개운하네."

"많이 먹어. 모자라면 또 해달라고 할게."

아들 손은 서두르고 있었다. 식욕이 있을 때 한 수저라도 더 먹이고 싶은 것이다.

"이제 그만. 잘 안 넘어가."

환자가 손을 들어 보였다.

"그럼 딱 한 숟가락만 더."

아들이 마지막 숟가락을 환자 입에 가져갔다. 환자는 손자의 정성을 생각해 입을 벌려주었다. 물을 마시고, 할머니의 식사는 끝이 났다.

"미음을……."

별수 없이 민규가 끼어들었다.

"아닙니다. 요 며칠 새 가장 많이 드신 날이에요. 셰프님 정말 고맙습니다."

식판을 물린 아들이 선을 그었다.

"이게 눈에 좋은 거라… 믿을지 모르지만 과거에도 제가 이와 비슷한 경우에 시력을 찾아드린 경우가 있습니다."

"……."

아들의 시선이 민규에게 뜨악하게 꽂혀왔다. 황당하다는 표정이다.

"그러니……."

"우리 할머니, 많이 드신 거예요."

아들이 거듭 선을 그었다. 임종을 앞둔 환자. 제아무리 산해진미라 한들 과식을 강요할 상황은 아니었다. 아쉽지만 어쩔 수 없었다.

"이거……."

민규를 창가로 데려간 아들이 봉투를 내밀었다.

"출장비는 이미 받았습니다만……."

"압니다. 너무 고마워서요."

아들의 눈에는 눈물이 고여 있다. 실랑이를 벌이는 것도 우스울 것 같아 그냥 받아두었다.

"사실 큰 기대 없이 어머니께 할 도리 한다는 생각으로 벌인 건데 셰프님이 진짜 전문가시네요. 혹시 따로 개업하고 계시면 명함이라도……."

"아직 개업은 못 하고 출장만 하고 있습니다."

"그래요? 제가 보기엔 이 정도 실력이면 환자들 특별 식단만 하셔도 반응이 굉장할 거 같은데……."

"……."

"아무튼 고맙습니다. 조심히 가세요."

아들의 말이 민규의 등을 밀었다. 가족들에게 인사를 하고 병실을 나왔다.

장국밥.

가족의 작은 소망을 이루었다. 그래도 삼합미음은 영 아쉬웠다.

'먹어보기라도 했으면 좋았을 걸…….'

전생의 영감에서 비롯된 요리. 결과를 보지 못하니 페널티킥 기회에 헛발질을 한 마음이었다.

할 수 없지.

툴툴 털고 똥토바이로 걸었다. 본편 미션은 성공했으니 그것으로 위안을 삼았다.

바릉!

시동이 걸렸을 때였다. 백미러에 손을 흔드는 사람이 보였다. 아들이었다.

"저기요, 잠깐만요, 잠깐만요!"

끼익!

민규가 출발하던 똥토바이를 세웠다.

"왜요?"

"저기… 아까 그 삼합미음… 헉헉……."

아들은 핸들을 잡고 숨을 골랐다.

"뭐가 잘못됐나요?"

"그게 아니라… 헉헉……."

숨을 고른 아들이 단숨에 뒷말을 이어놓았다.

"셰프님 말이 맞았어요. 우리 할머니가 그 죽을 먹었는데요, 진짜 우리 딸을 보았습니다. 비록 잠시긴 하지만요!"

"예?"

"아, 이걸 대체 믿어야 하는 건지… 담당 의사도 잘 안 믿는 얼굴이긴 하던데… 아무튼 진짜로 우리 딸을 보았어요. 눈썹 사이에 있는 점을 보고는 점까지 저랑 빼박이라고 웃기까지 한걸요."

아들이 자기 왼 눈썹을 가리켰다. 그 작은 숲 안에 숨은 검은 점이 보였다.

'대박.'

남의 점이 그렇게 반갑기는 처음이었다.

『밥도둑 약선요리王』 2권에 계속…